CLEMENS WALTER

MIT ARTUR DURCHS JAHR

Impressum

Gneisenaustraße 2, 1 Berlin 61
Bildrechte: beim Autor
Layout und Umschlaggestaltung: Gudrun Fröba, Berlin
Lithographie: Rink, Berlin
Druck und Bindung: Fuldaer Verlagsanstalt
ISBN 3-88747-080-X

CLEMENS WALTER

MIT ARTUR
WILD UND GEFÄHRLICH
DURCHS JAHR

: TRANSIT

INHALT

Artur folgt unerbittlich eigenen Regeln; das wissen und bewundern wir. Für ihn beginnt das Jahr nicht im Januar (den meidet er ebenso selbstverständlich wie den Februar), sondern irgendwann, wenn's warm wird, der Bauer die Rößlein einspannt oder besser noch ausspannt. Denn Artur beginnt das Jahr mit einer einfachen, geruhsamen Mahlzeit, vorausgesetzt, im Süden sind die ersten Tomaten reif und er läßt sich nicht ablenken von Zora, die gerade in eine dieser Früchtchen beißt, das Innere kräftig heraussaugt, dabei den Kopf in den Nacken legt, hinreißend schnalzt und Artur die Schale pikant vor die Füße schmeißt.
Die Tomaten waschen, entstielen, ihnen einen leichten Kreuzschnitt verpassen und sie mit kochendem Wasser übergießen. Vorher kleingewürfelte Zwiebeln und Knoblauch in Olivenöl andünsten, mit wenig Rotwein köcheln lassen. Die Tomaten von ihrer engen Haut befreien und durch ein Sieb passieren. Zu den Zwiebeln und dem Knoblauch geben, etwas Wasser hinzufügen, langsam aufkochen lassen. Pfeffern, salzen, mit Sahne abschmecken, frische Basilikumblätter und in Olivenöl angeröstete Weißbrotwürfel dazugeben. Manche mögen einen Schuß Sherry dazu, Zora ist da skeptisch. Warum kneift sie immer ein Auge zu?

☘

Das vorige Jahr
war immer besser.

Sobald die ersten vorsichtigen Sonnenstrahlen spürbar sind, zieht sie los, mit wenig Gepäck und noch weniger Geld, aber brennender Sehnsucht.
Viel sei sie mit Zügen gefahren, ratternd durch Nächte und Landschaften, auch per Anhalter. Dann und wann habe sie sich ein eigenes Motorrad geleistet, in schwächeren Jahren auch mal das Fahrrad genommen, doch das Reisen dürfe nicht zu anstrengend werden.
Und wie denn hast du dich verständigen können, hatte Artur gefragt. Nun, sagte sie, ganz einfach, mit einer gekonnten Mischung aus Schlagertexten und Gastronomiesprache. „Vamos a la playa“ habe in Spanien immer zu überzeugenden Ergebnissen geführt und „I'm just a soul whose intentions are good“ in englischsprachigen Ländern ebenfalls. „Je déclare l'état du bonheur permanent“ von Moustaki, im rechten Augenblick sanft in eine Unterhaltung eingebracht, könne denn schon Begeisterung auslösen und freudige Zustimmung.
Ein gut Teil Kommunikation sei schließlich auch in Zeichensprache zu bewältigen, durch Versatzstücke aus Lyrik, oder indem man Fremdwörter der deutschen Sprache wieder an ihren Ursprung zurückführe. Hin und wieder, räumt sie ein, sei allerdings mit Rückschlägen oder Komplikationen zu rechnen, aber das sehe ich eher positiv, denn dann fangen Gespräche oft erst an, meinst du nicht auch, Artur?
So habe sie einmal im Zug nach Paris, als der Morgen dämmerte, diese Stimmung mit „moment crépusculaire“ benannt. Es sei ihr nicht leichtgefallen, den Eindruck, sie sei symbolistisch versierte Esoterikerin, wieder zurechtzurücken.

Oder als sie, durchaus artig, Einrichtung und Ambiente einer Wohnung loben wollte und anerkennend als „très luxurieux“, so sagt man ja wohl bei uns, sehr luxuriös, bezeichnete, da wurde die Dame des Hauses um einen Schein blasser, bedeutet es doch französisch nicht nur geil, sondern eben auch unzüchtig. Wie, frage ich dich, Artur, wie konnte ich das denn wiedergutmachen? Er antwortete mit einem babylonischen Lächeln.

Im Frühjahr pflanzt Artur gern mal einen Baum, vorzugsweise in die lieblosen Flächen neben Autobahnraststätten.
Kleine Erlen, Buchen, Birken und auch Eichen rettet er bei seinen Wanderungen, angefeuert von eifrigen Elfen, aus dem Wald. Einzeln und frei haben sie, ebenso wie Stech- und Granatapfelbäumchen, eine Chance, sich zu entfalten, unbehelligt von Förstern und Naturschützern.
Die meisten von ihnen, sagt er bescheiden, sind inzwischen längst über die Raststätten hinausgewachsen, es werden immer mehr.

Wo der Adler
zu schwach ist,
muß der Zaunkönig helfen.

Unentdeckte Morgendynamiker sind allenthalben zu finden, Leute, die schon vorm Aufstehen der Meinung sind, das ganze Leben sei Telefon, aber erst wenn Artur mal wieder ein Amtsgebäude betritt, allüberall und immer leeren Körpern in „guten“ Anzügen begegnet, trifft ihn der ritualisierte Jammer mit voller Wucht.
Und weil (fast) jede(r) bewegt erscheinen möchte, kommt es zu radikalhysterischen Grußorgien, von früh bis spät. Einer winkt immer stumm, den rechten Arm gehoben, Ellenbogen gewinkelt, Handinnenfläche in Wangenhöhe; knapp und rhythmisch wedelt er die flache Hand hin und zurück. Ein Grinsen steht dabei in seinem Gesicht (Zungenspitze hinter die oberen Zähne gedrückt). R. dagegen gibt sich individueller. Er spitzt seine Lippen und bringt ein süßholziges „Grüüüüß dich!“ hervor, langes, langes „grüüüüß“, kurzer und leiser werdendes „dich“; da kann es Artur ganz elend werden.
Oder Frollein K. Sie kommt immer einen winzigen Hauch zu elegant, zu keß daher, umwabert von Düften, die sie ohne jeden Zweifel für exklusiv hält, und sie singt laut und kräftig: „Guten Morgen!“ Manche Durchhaltevolkslieder fingen mal so an, fehlt nur noch „Frühtau“, denkt Artur sich sein Teil.
Oder das blutleere Biest von Vorsteher, würde ja so gern wichtig aussehen: „Moin“. Bei Bedarf werden Hände gedrückt, feuchtwarmschlaff, dann und wann mit verhauchtem „Grüß Gott“. Die Dame von der Registratur hat's lieber trocken: „Morgen!“, hoch angesetzt, nach hinten kurz, wie „joggen“. Manchmal, wenn ihr danach ist, variiert sie in „moggin“, mit kurzem „i“.

H. dagegen ist ein beherzter Anfasser, signalisiert späte Zugewandtheit. Männer begrüßt er aus unerfindlichen Gründen durchweg mit: „Mojen, mojen, mien Bernhard“. Frauen hingegen legt er ungefragt seinen Arm um die Schulter und strahlt: „Naah, meine Sonne, wie ist das Leben?!“
So macht er das. Unerschüttert, jeden Tag. Die Fraktion der Roller – „Morrrgen“ – ist klein, da weiß Artur nie so recht, ob die nicht doch was anderes im Sinn haben. Über die Mittagszeit, „Maaahlzeit“, hat Artur mal Zeit, nichts Auffälliges zu bemerken; nur selten hat er das Glück, den Pförtner keck „Mahlzeit“, mit „r“, antworten zu hören, und seltener noch erschrickt er, wenn ihn der Kellner mit „Buon giorno“ anbölkt. „Tach“, sagt Artur dann, auch wider besseres Wissen „Tachchen“, und grinst.

„Grüüüß dich", rief der eben entdeckte Morgendynamiker und löste damit eine wahre Grußorgie aus.

Aufpassen muß Artur, wenn ihn in der Dunkelheit Entgegenkommende mit anschwellendem Singsang „N'aaabent" anflöten oder „N'abbent" oder auch, fernsehmäßig, „Gunahmd". „Ebenso", nickt Artur dann freundlich, „ebenso! Alles Gute ab sofort und ein überzeugendes Wochenende!"

Nicht aus jeder Zwiebel wächst eine Tulpe.

Das Frühjahr bringt uns neben allerlei Anregungen auch die nach ihm benannte Müdigkeit. Artur ruht dann gern mal ein Viertelstündchen auf seiner arg gebeutelten, schokoladenbraunen Cordcouch. Wegwerfen oder verschenken kann er das Möbel nicht; er behauptet steif und fest, ihm wohnten heilende Kräfte inne: kaum ausgestreckt, sei er schon eingeschlafen, aber eben nur auf dieser Couch, nirgendwo anders. Nach fünfzehn oder zwanzig Minuten wacht er fröhlich auf und präsentiert Zora die Eindrücke, die der Bezug auf seiner Haut hinterlassen hat.

„Ich bin dein exquisites Streifenhörnchen“, funkelt er sie an und zieht sie sanft am Halstuch auf das Lotterlager.

Aus meiner Sicht hat die Party noch gar nicht angefangen.

Alles im Leben hat seine Zeit und alles braucht seine Zeit, die Liebe, die Feste, der Schmerz, die Freude, der Sommer, der Herbst, das Frühjahr und der Winter.
Und wenn's um Feste geht wie immer wieder diese Walpurgisnacht, dann besinnt auch Artur sich gern auf dieses oder jenes und hört Zora zu, wenn sie Dinge erwähnt, von denen sich unsere Schulweisheit nichts träumen läßt.
So freut sie sich unbändig auf diese gewisse Nacht, wo außer Hexen und dem Beelzebub auf dem Blocksberg gar niemand was zu suchen hat.
„Vielleicht könnte ich ja den ersten Mai eher überstehn", schmeichelte Artur, „wenn ich nur artig und von fern mal zuschaun dürfte bei dem Treiben?"
Zora glitzerte ihn grünäugig und geheimnisvoll an. „Ach Artur, du gehst einen schweren Weg – wir werden es versuchen. Befolge meine Anweisungen genau, du weißt, ich darf dich nicht verlieren!"
Vier Tage vor dem dreißigsten April händigte Zora Artur ein Töpfchen mit einer fettigen, schmutzigweißen Salbe aus und erteilte ihm strikteste Befehle: er habe sich um 18 Uhr am Seeufer einzufinden, an dem verrotteten Boot am Ufer. Dann müsse er sich vollständig entkleiden, seine Mütze dürfe er ausnahmsweise auf dem Kopf behalten, und seinen gesamten Körper mit der Salbe leicht einreiben und sich sodann in das Boot legen.
Artur sagt, er habe gewissenhaft und in der richtigen Reihenfolge alle Vorschriften befolgt, auch das Sträußchen Waldmeister gepflückt und unter seinen Kopf gelegt. Und dann sei er wohl eingeschlafen in dem Boot.
Allerfeinste Musik hätte seine Träume begleitet, und er war sich vollkommen sicher zu fliegen.

Lichterschein wie Feuer, den Geruch von Schwefel und düstere Herrlichkeit habe er wahrgenommen und eine nicht in Worte zu fassende Bewegung anmutiger und nackter Menschenleiber, und es sei ihm gewesen, als wäre der Blocksberg in den zarten Tüll eines Moskitonetzes gehüllt.
Mehr will er nicht verraten, sagt er, und er dürfe und könne es auch nicht. Nur soviel, daß er sich völlig fertig, hundemüde und vor Kälte zitternd am nächsten Morgen wiedergefunden und den dringenden Wunsch nach einem heißen, schwarzen Kaffee mit mindestens drei Stückchen Zucker dazu verspürt hat.

Alle Jahre wieder demonstriert Artur unerschüttert seine Verbundenheit mit der Arbeiterklasse.
Er steht früh auf, bügelt ein weißes Hemd, nestelt sich eine Blume ins zweite Knopfloch von oben und zieht heiter in die Wohnviertel der Werktätigen, um eine jener Kneipen aufzusuchen, die „Bei Rudi“ oder „Zur gemütlichen Hannelore“ heißen und in denen es nach Bohnerwachs, sauren Gurken und Pinkelbeckensteinen riecht.
Sicherheitshalber schiebt er sich eine Zigarette zwischen die Lippen, geht bedächtig an die Theke, setzt einen Fuß auf die Stange und bestellt ein kleines Pils. Sich unauffällig umschauend, stellt er beruhigt fest: es ist alles wie im Jahr zuvor. Kleine Gruppen sitzen um die Tische, zu dritt oder zu viert sprechen sich Männer Mut zu: „Jawoll!“ oder „Aus dem Walde klingt es dumpf.“ „Hosen runter!“ rufen sie und auch „Karauschen mit Maibutter!“, und schwer schlagen halbwegs geballte Fäuste auf Tischplatten. Über alle Versammelten hinweg schreit einer: „Charly, noch 'ne Lage!“, eine andere Stimme, der Empörung nahe, greint: „Mein Gott, nun mach doch mal! Rot mußt du ziehen, Mann!“
Artur, dem Zeitgeist in keiner Weise verpflichtet, weiß ja, daß sich alles ändert: Landschaften, das Klima, die Liebe, die Zeiten, die Menschen, und alles sowieso viel zu schnell. Fast alles, korrigiert er sich.

**„Karauschen und Maibutter" –
das war die Parole,
auf die sich alle einigten.**

Zufrieden bestellt er sich eine Gurke und ruft keck „Hoho!" durch die Kneipe. Niemand fühlt sich betroffen, niemand steht auf.
Gerührt verläßt Artur diesen Fels der Stabilität im Meer der allumfassenden Windbeuteleien.

⚒

Wenn im Mai
die Bienen schwärmen,
so soll man vor Freuden lärmen.

Artur interessiert immer, wie andere Leute die Dinge sehen, nicht zuletzt um mehr als eine Ahnung davon zu kriegen, mit wem er das Land teilt, für das er (hin und wieder) Steuern zahlt. Der beste Platz dafür, sagt er, ist keineswegs die Theke, sondern die Haltestelle:

X: Wie geht's denn immer so?
U: Gestern ging's fast –.
X: Und zu Hause?
U: Ebenso.
U: Und selber?
X: Kann nicht genug klagen.
U: Und auf Arbeit?
X: Hilft ja nix.
U: Tja, muß alles mal aufhörn.
X: Mein Bus.
U: Mach's gut.
X: Grüß' schön.
U: Vonwegen.

Wo immer
Menschen zusammentreffen,
entsteht ein Ort des Schreckens.
L. Bunuel

DIE SONNE LACHT, DIE MODE AUCH

Schwarze Lederjacke, schwarze Sonnenbrille, weißes T-shirt, Jeans, anthrazit selbstverständlich. Artur bewundert sie schon, die kultivierten Individualisten.
München, Englischer Garten, die Wirtschaft am See, einer der ersten warmen Tage des Jahres. Vor, hinter und neben Artur saßen sie, schwarze Lederjacke, weißes T-shirt, Jeans, meist anthrazit und schwarze Sonnenbrille, dieses komplett undurchschaubare Modell, eine kühne Mischung aus Capri und AOK, frisch auf dem Markt.
Betroffen blickte Artur sich um. „Wie Pinguine", dachte er, „aber die können nun wirklich nichts dafür, daß sie fast alle gleich aussehen ..."
Was ihn irritierte war, daß neben dem einen oder anderen Exemplar erhebende Frauen Platz fanden und aufs Dekorativste anzubändeln verstanden, obwohl die Pinguine kaum voneinander zu unterscheiden waren.
Wenn es denn lohnt, geht auch Artur mit der Zeit: Er erstand eine dieser unglaublichen Sonnenbrillen, ein schneeweißes T-shirt, anthrazitfarbene Jeanshosen und aus dem Leihhaus eine schwarze Jacke, Büffelleder, spartanisch geschnitten.
Gekonnt schlenkerte er am nächsten Tag wieder in den Englischen Garten, war er doch jetzt einer von allen. Aber die Pinguine rückten ab, beäugten ihn erschrocken oder mißtrauisch, als habe er eine unappetitliche Krankheit.
Oder befürchteten sie etwa, Artur in seinem aufregenden Outfit würde von ihren Schönheiten entführt?

„Wenn Sie weiterhin behaupten, wir seien putzig, verehrte Dame, dann zeigen wir Ihnen, wozu Pinquine fähig sind!“

„Ach Artur“, hatte Zora überzeugend gekichert, „Du hast vergessen, deine Mütze abzusetzen. Alle haben dich durchschaut in deiner Verkleidung! Und selbst für Pinguine ist es eine bittere Erkenntnis, bei aller Putzigkeit ein Leben ohne Pointe zu führen …“

Eine einzige Fliege verdirbt ein Glas Wein.

Sie waren eine Weile irgendwo gemeinsam mit der Eisenbahn durch den Frühling gereist, mit Vorortzügen, Untergrundbahn und in Speisewagen. „Ich habe“, hatte sie gegrinst, „alles dabei, was ich so brauche, Kleidung, Bücher, Schreib- und Waschzeug, paßt alles in meinen Beutel hier!“. Ihren Schlafsack trug sie eingerollt unter dem anderen Arm. Stets wollte sie am Fenster in Fahrtrichtung sitzen, sie braucht das kleine Klappbrett, zum Lesen und überhaupt.

Einmal wurden sie kontrolliert. Der Schaffner nahm seine Uniformmütze ab, machte eine elegante Verbeugung, sagte, na, wir haben uns aber lange nicht gesehen, Madame, setzte seine Mütze wieder auf, tippte an den Schirm und wünschte weiterhin angenehmes Reisen. Dann schloß er sanft die Abteiltür. Artur hatte sein Billet schon hervorgekramt gehabt, doch der Kontrolleur wollte weder seines noch das seiner Reisegefährtin sehen. Ganz offensichtlich kannten sich die zwei schon länger.

Sie strich ihr Haar zurück, legte den rechten Zeigefinger an die Nase und bemerkte beiläufig: „Um glücklich zu sein, bedarf es vor allem eines klaren Verstandes, lieber Mitreisender, und zwar von beiden Seiten.“ Artur hatte sie schräg angeschaut und schüchtern um Aufklärung gebeten.

Sie lebe, erzählte sie knapp, seit nun fast fünf Jahren in den Eisenbahnzügen zwischen den Städten und Ländern, ambulant gewissermaßen und immer warm und trocken. Der Kontrolleur gerade sei einer von der angenehmen Sorte gewesen, andere dagegen würden Zeter und Mordio schreien, sie rausschmeißen oder anzeigen. Sie aber hätte das Kursbuch im Kopf und würde dann schnell verschwinden, mit einem Zug in Gegenrichtung oder ganz woanders hin.

„Ich halte nichts davon, auf Bahnhöfen meine Zeit zu vergeuden", fügte sie hinzu. Einmal im Monat allerdings sei es unumgänglich, dann müsse sie in die Stadt, ihre Waisenrente abholen. Sozialhilfe würde sie schon lange nicht mehr bekommen. Im Amt hätte man ihr gesagt, ihre Schulden wegen Schwarzfahrens bei der Bahngesellschaft hätten mittlerweile eine solche Höhe erreicht, das würde sich überhaupt nicht mehr rechnen. Und so führe sie halt weiter, das ganze Jahr hindurch, ein Leben lang.
„Ich verstehe", grinste Artur, „man muß zu Ansichten kommen, die Bestand haben!"

*Wer barfuß geht,
den drückt kein Schuh.*

Spargelschälen ist bei Gott nicht einfach. Schnell haben sich die Gemüter fraktioniert, die Sparsamen gegen die Hasardeure, die Geizigen gegen die Feinmechaniker.
Dabei geht es nur um das eine: Der Spargel soll zart sein, auf der Zunge zergehn und nicht zaddrig sein, weich, aber mit Biß, „al dente", wie der modische Italiener sagt, der aber seinerseits gerne den Spargelgeschmack mit Parmaschinken vertreibt.
Eine, ganz Fachfrau, nahm sie einzeln in die Hand, begutachtete sie, zog dann mit einem Skalpell von der Spitze zum Schaft akribisch und elegant Streifen um Streifen, schnitt schließlich ein beträchtliches Stück vom Ende ab und stellte dann empört fest, wie wenig nach getaner Arbeit übriggeblieben war.
Ihr Begleiter ging prinzipiell anders vor (erst abschneiden, dann schälen), erzielte aber ein ebenso lächerliches Ergebnis. Die beiden sollen sich an diesem Abend nicht mehr ganz so gut verstanden haben.
Immer wieder erzählt Artur, wie seine allgemein praktischen Freunde, Rolf und Kirsten, über den Spargel hergefallen sind. Sie legten eine Zeitung auf den Tisch, richteten ein Bündel Spargel nach den Köpfen aus, säbelten sie auf die gleiche Länge, schälten sie leicht mit einem Kartoffelmesser, ruckzuck. Nichts Holziges, keine Zähigkeit – das aufrechte Dünsten hat ihre Methode voll bestätigt.
An dieser Stelle gibt Artur gern zu bedenken, daß die Menschen unterschiedlich sind. Und das hat er von Ingeborg gelernt, die seit über 18 Semestern Psychologie studiert und aus eigener Kraft sich Analytikerin nennt.

So sagte sie jedenfalls beim Spargelessen und legte dabei ein wenig zu kräftig nach.
Auch der Spargel wechselt von Land zu Land; grün und wild z.B. zeigt er sich in Südfrankreich oder Spanien. Der schmeckt würzig, hat aber einen großen Nachteil: er darf nicht geschält werden. Wo bleibt da der Mensch?

Eulen fliegen nicht
mit bunten Krähen.

Auf einer Radtour lernte Artur einen kennen, der ist Physiker und zitiert gern Einstein: „Gott würfelt nicht.“ „Einstein!“, sagt er dazu mit erhobenem Zeigefinger.
In Landschaften und im Unterholz der Städte fährt dieser Mensch durchaus leidenschaftlich Fahrrad – ein Damenfahrrad, könnte ja sein, er muß mal ganz plötzlich absteigen, und übrigens ohne Helm, weil er um den Bestand seiner kunstvoll frisierten Restbehaarung fürchtet.
Noch viel mehr aber fürchtet er das Versagen der Bremsen. Aus diesem Grund hat er am Vorderrad nicht nur eine Felgenbremse, sondern auch eine Trommelbremse angebracht, und das Hinterrad kann er mit dem Rücktritt und zusätzlich an der Felge abbremsen. „Größtmögliche Sicherheit obwalten zu lassen ist der beste Schutz vor unvermuteten Ereignissen“, lächelt er so standhaft wie Physiker eben lächeln. „Heutzutage muß man mit allem rechnen!“, und schiebt beide Daumen hinter die poppigen Hosenträger. Bei dieser kühnen Geste bemerkte Artur, daß der Physiker zwei Armbanduhren trug, an jedem Handgelenk eine. Falls eine mal ausfällt, gar nicht so dumm, fühlte er sich ein.
Über dem verhaltenen Bauchansatz des Physikers aber entdeckte er dann die mattschimmernde Stahlschnalle eines stabilen Gürtels. „Zuviel Sicherheit ist doch irgendwie peinlich“, schüttelte Artur den Kopf und fuhr betont freihändig davon.

Wer nur ein Bein hat,
bekommt keine kalten Füße.

Um die Pfingstzeit hatte Artur sich entschlossen auszuprobieren, wie man sich als Seemann fühlt. Feuer und Flamme waren die Freunde für diese Idee, die Gefährtinnen dagegen eher reserviert, sollte die Probe doch ohne sie unternommen werden.
„Männer!“, hatte Zora geschnaubt und die schnippische Ingeborg nur ein „Pffft …“ für ihren Plan übrig, des weiteren jedoch vorsorglich darauf verzichtet, sich im Ton vollends zu vergreifen.
Artur, sein gleichnamiger Vetter und die drei anderen waren so heftig davon überzeugt das Richtige zu tun, und unbeirrt trafen sie ihre Entscheidungen. Das in Holland gemietete Plattbodenschiff trug wie üblich den Namen „Isern Juffer“, Eiserne Jungfrau, und eine hölzerne Meerjungfrau als Galionsfigur.
Die Vorstellungen der fünf Mann auf einem Boot waren ebenso kernig wie abwegig: viel Sonne, wenig Seife und vierzehn Tage keine Rasur – Freiheit und noch etwas, so dachten sie sich das, und allesamt setzten sie ein Lächeln auf, das sie für weitgereist und weltoffen hielten.
Unvergeßlich, wie G. den Segler unter Motor, aber rückwärts, die rechte Hand auf der Pinne, in der linken ein Fläschchen Danziger Goldwasser, seemännisch souverän und ohne die Spur eines Kratzers an den Kai brachte. Oder als sie bei hackigem Wetter in der Lübecker Bucht kreuzten, die Wogen so hoch gingen, daß die Schiffsschraube zu sehen war und Artur II kreidebleich den Mast umklammerte, zur Kapitulation bereit. Von diesem Tag an wußten sie alle, was es heißt, ein Seefahrer zu sein, und konnten verstehen, daß es Menschen gibt, deren Heimat das Meer und deren Freunde die Sterne sind.

Sie hatten schließlich das Schiff mitten in einem Städtchen, am Rande eines Kanals in Holland festgemacht. Wegen der Skorbutgefahr gab es weiße Bohnen mit Tomatensoße und viel Zwiebeln.
Sonderbare Spannung lag über dem Boot.
Verschwitzt, mit Salz in Haut und Haaren und grundlos zufrieden beobachteten sie einige Exemplare von Salonseglern, die, blau-weiß gekleidet und von Damen in Tennisschuhen begleitet, pflegeleicht den Kai entlangschlenderten.
Zwei Damen von leicht teigiger Schönheit waren unverfänglich hinter ihren Begleitern zurückgeblieben und richteten ihr Augenmerk recht unauffällig auf die Eiserne Jungfrau und deren löffelnde Besatzung.
Artig wurde aus kühl nachgezogenen Lippen guter Appetit gewünscht und mit schon weichgeblähten Nüstern nach dem Rezept gefragt.

„Wir hatten euch“, sagten sie mit einem melancholischen Lispeln, „seit Jahrtausenden gesucht.“

Artur II deutete eine Verbeugung an und machte eine schüchterne Handbewegung, hatte er doch Vertrauen zu seinen Instinkten. „Bitten an Bord kommen zu dürfen“, wurde ebenso melodös wie umgehend geflötet, und die Damen enterten entschlossen das Plattbodenschiff.

Die anderen behaupteten plötzlich, ausgerechnet in Holland den Frischgemüsevorrat ergänzen zu müssen und verschwanden im Städtchen. Artur und Artur aber blieben mit den Gästen zurück. In der Kajüte hatten sie es sich bequem gemacht, erzählten holprig von Leben und Glück und kamen sich dennoch erstaunlich nahe. Die Luft unter Deck brannte vom Geruch warmen Parfüms. „Artur, ich bin auf dich reingefallen“, seufzte Gabriele mit einer bestürzenden Traurigkeit in den feuchten Augen und niemand wußte, wen und was genau sie meinte.
„Es wird allerhöchste Zeit!“ Biggi, so hieß sie passend, nahm gleich beide Arturs weich in die Arme und flüsterte: „Abschied vom Meer fällt der Seefrau so schwer!“, deutete einen Gruß an und hakte Gabriele unter.
„Wir haben euch“, fügten sie mit einem melancholischen Lispeln, das die beiden Arturs so noch nie an Frauen bemerkt hatten, hinzu, „seit Jahrtausenden gesucht.“

Es gibt tote Menschen,
es gibt lebendige Menschen,
und es gibt Menschen,
die zur See fahren.

WARTEN AUF DIE SPORTSCHAU

Obwohl von Haus aus betont unsportlich, schaut Artur von Zeit zu Zeit sich gern die Sportschau an. Nicht, daß ihn Rekorde, Fußball, Schwimmen oder Tennis wirklich interessierten – er hegt die Hoffnung, es möge endlich irgendein schöner Zwischenfall beschert werden. Keine Verletzungen oder Unfälle, nein: Eine charmante Keilerei zwischen den Ehefrauen der Fußballstars; eine Tennisspielerin, die den Thron des Oberschiedsrichters umschmeißt und von ihrer Rivalin dafür geküßt wird; Speerwerfer, die den Wettkampf beenden, weil sie ein Karnickel im Stadion gesehen haben wollen und denen das Publikum aufmunternd zubrüllt: „Wir bremsen auch für Tiere!“
Mehr will ich ja nicht, sagt Artur, aber auf dieses Wenige warte ich immer wieder gern.

Wenn die Leiter umgefallen ist,
weiß jeder,
wie sie hätte hängen müssen.

Kreative Menschen brauchen sinnfreie Räume.

Jeder Mensch braucht etwas, was ihn aus dem Alltag erhebt. Und Artur hilft gern.
Einen kennt er, der sammelt Büroklammern. Bei Lichte betrachtet nicht nur Büroklammern, sondern Klammern in allen Formen, Materialien, Farben und Größen.
Das ist, sagte Artur, sicher eine zwar umfangreiche, doch überschaubare und damit zutiefst befriedigende Aufgabe, der Sie sich da widmen, nicht wahr? Um des Himmels willen!, entgegnete der Wissenschaftler. Was weiß denn ich, wo auf der Welt es Klammern gibt, die ich noch gar nicht kenne?
Vielleicht, im tiefsten Innern tut er das, meint Artur, um denn doch die Hand ein wenig zu beißen, die ihn nährt. Bewegt von so viel verkniffener Lebensfreude sah sich Artur im Arbeitszimmer des Sammlers um. Er hatte Dutzende von DIN A 4-Blättern an die Wände gepinnt, jeweils ein Klammermodell mit transparentem Klebeband darauf befestigt und in immer wiederkehrender straffer Gliederung Funddatum, -ort, Material der Klammer, den vermutlichen Verwendungszweck und darüberhinaus eine leicht spekulative Expertise, welchen Stellenwert das jeweilige Stück in der Gesamtfamilie wohl einnähme, in gestochener Handschrift fixiert.
In der Mitte hing die Urmutter aller Klammern, ein mindestens sechzig Zentimeter großes Monstrum aus rotem Draht, die Büroklammer als solche.
Die alten hölzernen Wäscheklammern, ohne Feder, nur mit einer Kerbe in der Mitte, hat er auch berücksichtigt, ebenso die neumodischen Modelle zum Umlegen, wie kleine Druckknöpfe.
Weil's dem Gesamtwerk dienlich ist, hat Artur ihm einen kleinen Holzstempel geschenkt, mit dem kann man Büroklammern auf's Papier stempeln.

35

Sie wußten zu genau, was sie mit den Schwefelhölzchen anfangen würden.

Und zu Mariä Himmelfahrt will er noch zwei unterschiedliche Modelle von Hosenklammern für Radfahrer besorgen, die Rundklammer und die alte Kneifklammer.

Des Mannes unmündige Kinder haben Artur erzählt, auch sie sammelten, und zwar Streichholzschachteln mit Werbeaufdrucken, die müßten aber noch voll sein, die Schachteln.
Artur bringt ihnen gern immer mal wieder Reklamezündhölzchen mit, es gibt da sehr elegante Modelle. Er hofft, die Kinder wissen ganz genau, was sie eines Tages mit all den Schwefel-Hölzchen anfangen werden.

Die schönsten Tage
enden gerne mit einem Gewitter.

Wer einen Stammtisch hat, braucht wenigstens kein Wohnzimmer, sagt Artur.
Im Wirtshaus am Platz finden sich freitags um 17.05 Uhr – regelmäßig! – weibliche und männliche Angehörige der überall gepriesenen pädagogischen Berufe ein.
Außer K., der ist Ingenieur, wenn auch dritter Bildungsweg. Und C. ist Hausfrau und Mutter, aber studiert. Manchmal kommt auch E. vorbei, der ist immerhin Arzt. So kann H. sagen, fast immer, wenn wir uns zum Stammtisch treffen, haben wir unseren Doktor dabei.

Wenn Hirsche nicht kommen,
sind Hasen auch gut.

„Die Flüchtigkeit ist es, die Ereignisse spannend macht ...“, murmelte er, strich immer und immer wieder seinen weißgrauen Kinnbart und blickte Artur nachdenklich an. Die Füße hatte er, locker, sehr locker, auf den Amtsschreibtisch gelegt, neben sich eine abschreckende Keramiktasse, in der anderen Hand die Zigarette.
Auch er, legte Artur blinzelnd seinen Kopf schief, wird viele Jahre gehockt und auswendig gelernt haben müssen für diesen Job, eigenes Büro, Telefonanschluß, Sekretariat, kann pinkeln gehen wann er will und wird, nu ja, nicht eben schlecht verdienen. Und im Herzen, glaubt Artur, hat der bestimmt noch die rührende Vision von der gesellschaftlich nützlichen Arbeit. „Weißt du“, unterbrach der Ergraute das gesammelte Schweigen, „ich habe für mich sowas wie Kompensationsrituale entwickelt“, ging an den limbafurnierten Schrank und stellte eine Flasche Württemberger Rotspon nebst zwei pekiger Gläser auf seinen Schreibtisch, schenkte ein und reichte Artur eines davon.
„Zur Jammerlappenfraktion gehöre ich nicht, ich nicht. Ich habe meine Bücher.“ Und mit einer bestürzenden Geste wies er auf Stapel alter Folianten und Erstausgaben. „Auch trinke ich gerne Wein“, fügte er hinzu, „Rotwein ist die Milch der Greise“, nun ein wenig traurig. „Und ich habe gelernt, subjektiv zu sein, aber nicht sentimental.“

Zur Jammerlappenfraktion gehört er nicht. Er hat seine Bücher.

„Hmh“, nickte Artur mehrfach, „warum auch nicht?“ Sein Gesprächspartner, die Flasche war einer zweiten gewichen, blätterte versonnen in einem abgewetzten Adreßbüchlein und Artur dachte bei sich: „Mein Gott, welchen Gedenktag muß ich heute ertragen?“, da leuchteten die Augen seines Gegenübers. „Hier“, sagte er begeistert, „301 47 11, Sabine und …“ er blätterte weiter, „617 04 69, Margot, mein Gott, und Maria erst, wie lang ist das schon her!“

Artur blickte irritiert, sein Gastgeber prostete ihm fröhlich zu: „To all the girls we used to love“, sang er und fixierte Artur blätternd mit hochgezogenen Brauen, „das ist aus all den Jahren meine kleine feine Liste. Längst verjährte Träume von einer intimen Topographie der deutschen Hauptstadt.“
„Bist du“, fragte Artur verstört, „wirklich schon zu ab und zu alt, um dich in fremden Städten noch zurechtzufinden?“

✍

Rollender Stein
wird nicht moosig.

Wie viele Menschen horcht Artur, wenn das Leben doch mal anstrengend wird, in sich hinein und entdeckt das eine oder andere Zipperlein, dessen er sich nun wahrhaftig nicht schämen muß.
Egal was Artur peinigt, als erstes geht er immer zu einer Krankengymnastin.
„Das sind Frauen, deren Anblick allein macht mich schon gesund", erläutert er Zora ungebeten, „durchtrainiert, geradeaus, patent."
So zum Beispiel die Krankengymnastin und Masseurin aus Treuenbrietzen, Witwe eines überforderten Schuhmachers, mit einer amtlichen Zulassung als Heilpraktikerin.
Sie trägt eine Brille, deren Rahmen mit Salamanderhaut überzogen ist; sie glaubt fest daran, die Spannung zwischen Gläsern und Gestell erleichtere es ihr, Melkfett therapeutisch wirksam einzusetzen.
Ihr Lebensgefährte M. reist viel, ist querweltein herumgekommen. Er beherrscht angeblich vier lebende und drei tote Sprachen.
Von Berufs wegen ist sie nachsichtig: „Erst kurz vor Mitternacht wird er konventionsscheu und versteht es, fließend und ungemein gefährlich auf Esperanto die Verhältnisse zu verfluchen." Artur lächelt, fast wieder gesund, Verständnis.

Trotz seiner Wollmütze leidet er neuerdings an eigenartigen Verspannungen im Halswirbelschulterbereich. Sie empfahl die Aromatherapie, Lavendel und Rosmarin, und zwar sofort.
Nur wer sich der Krankheit mutig stellt, dachte Artur, kann Gesundheit ertragen.

Die gefährlichsten Situationen erlebt der Mensch mutterseelenallein.

ANDERE LÄNDER, ANDERE SITTEN

„Last orders please, gentlemen“, hörte Artur den Wirt erst rufen und dann eine Glocke schlagen. Fasziniert sah er einem Rotgesichtigen zu, der sich wie im Autobus an einer Lederschlaufe festhielt, die an der niedrigen Decke angebracht war, und sich umsichtig, aber zügig den fünf großen Dunkelbieren widmete, die der Kellner vor ihn auf die Theke gestellt hatte. „Tabfdlo for the road, please!“, hatte dessen Bestellung gelautet, grinste der waiter auf Arturs Nachfrage.
The absolutely bloody final declared last one for the road hatte er geordert, und das macht doch fünf drinks, oder?

Sorgt man in der Zeit,
so hat man in der Not.

Gepflegtes Äußeres, höfliche Umgangsformen und ein freundliches Wesen, das waren die Ansprüche, die das Meinungsforschungsinstitut an potentielle Mitarbeiter stellte. Per Kleinanzeige wurde man aufgefordert, sich telefonisch für diese überaus leichte Tätigkeit zu melden. „Angemessene Honorierung und Fahrgeld für eine streßfreie Arbeit", las Artur begeistert.
Die gestellten Anforderungen könnte er mit ein bißchen Umsicht ja erfüllen, prinzipiell jedenfalls, und ... angemessene Honorierung? Die allerdings benötigte er dringlich.
Der Anruf bestätigte furchtbarste Ahnungen. Das Forschungsinstitut führte für einen „namhaften Getränkehersteller" – so drückte sich die Dame am anderen Ende der Leitung wahrhaftig aus, – „einen Hersteller anspruchsvoller Getränke" sogar noch, eine Umfrage mit Geschmacksprobe durch. Man händigte Artur umfangreiches Fragebogenmaterial sowie mehrere Klinikpackungen eines kräuterschnaps-ähnlichen Getränks aus.
Bei der ersten anberaumten Interviewsitzung entpuppte sich das Getränk als Destillat allerärgster Sorte. Arturs Interviewpartner nippte daran, sprang auf, öffnete die Fenster, empfahl kategorisch, diesen Stoff unter gar keinen Umständen in geschlossenen Räumen zu verkonsumieren und verlangte ein zweites Gläschen.
Insgesamt hat Artur wohl vier oder sechs originale Interviews durchgeführt, aber die Erfahrung, daß durchaus phlegmatische und kommunikationsarme Naturen zu rasenden Tierstimmenimitatoren wurden

Selbst aus ihnen sollten bald rasende Tierstimmenimitatoren werden.

und hartnäckig auf weiteren Kostproben des Magenbitters bestanden, hat ihn dann von weiteren Direktbefragungen absehen lassen.
Er hat die restlichen Flaschen des streng riechenden Getränks, das ihm selbst gar fürchterlich auf der Zunge brannte und dessen magenschleimhautberuhigende und die Perestaltik anregende Wirkung wohl nur der Hersteller verspürt hat, mit nach Hause genommen.
Nur ab und zu bietet er unerwarteten Besuchern ein Pröbchen an, scheel grinsend sagt er dazu: „Erst prob's, dann lob's."
Die restlichen fünfundvierzig Fragebögen hat er zusammen mit Zora in Heimarbeit sorgfältig individuell ausgefüllt.

Ganz ungezwungen förderte sie die Demoskopie mit bis zu 45 individuell ausgefüllten Fragebögen täglich.

Dieses Gebräu hat inzwischen einen bemerkenswerten Status erreicht: Für bestimmte Kreise bedeutet es eine schwere Mutprobe, mehr als eines davon zu sich zu nehmen. Normalerweise ist das nur unter ganz außergewöhnlichen Verrenkungen der Gesichtsmuskulatur möglich; dennoch soll in süddeutschen Landschaften die Fangemeinde stetig zunehmen.

Ehe es einmal besser kömmt,
kömmt es eher zehnmal schlechter.

Nicht weit vom Bodensee leben Freunde von Artur mit Kindern, Katzen, Pferden und auch Hühnern, und sie müssen, wie Artur immer wieder betont, die größte Sparsamkeit walten lassen.
Für die Fütterung der Hühner haben sie eine preiswerte und plausible Lösung gefunden: Die Brotfabrik, in der auch Kuchen gebacken wird, verkauft die trockenen Reste der nicht abgesetzten Produktion günstig als Viehfutter, nach Kilogramm berechnet.
Es gibt allerdings ein kleines Problem, und das ist der Herr V., der Lagerverwalter und gleichzeitig Wiegemeister für Brot- und Kuchenreste. Herr V. ist ein Abbild von Akkuratesse. Tadellos gebügelter grauer Kittel, immer glänzend gewienerte Stiefel, Scheitel im Brillantinehaar wie mit dem Beil gezogen und eine bifocale Goldrandbrille. Herr V . will in der Würde seiner Aufgabe wahrgenommen und bestätigt werden, sonst läuft gar nichts.
Artur wollte einmal eine Kiste altbackenen Brotes kaufen, kehrte aber unverrichteter Dinge auf den Hof zurück. Herr V. hatte ihn streng über den Brillenrand fixiert, als stelle Artur reichlich abwegige Forderungen, und ihm schlicht den Kauf von Altbrot verweigert. „Hier ist eine Brotfabrik, mein Herr. Wir backen auch Kuchen. Altes Brot aber verkaufen wir nicht. Wie kommen Sie denn auf sowas?“, hatte er ihn brüsk verabschiedet.

G. runzelte vergnügt ihre Stirn, setzte den klapprigen R4 in Gang und war nach einer halben Stunde, die Ladefläche mit Brotkisten bepackt, zurück. „Nein“, habe Herr V. auch zu ihr gesagt, „wir haben hier kein altes Brot!“ Und er habe dabei so gelächelt, ganz charmant wie all die Male vorher auch schon immer, und gar nicht klebrig. Sie habe dann, auch wie immer, ganz zart geantwortet: „Och Herr V., das ist aber schade! Wirklich nicht?“

Das gehört dazu, setzte G. ihren Bericht fort. Dann müsse sie ein bißchen schmollen und ihn bitten: „Herr V., seien Sie doch nicht so, das ist doch für meine Hühner!" Plötzlich beugt er sich vor und fragt angelegentlich: „Für die Hühner, ja?" und er freut sich über seine Macht und seine Augen blitzen. „Naja, woll'n mal seh'n", sagt er dann, „Vielleicht kann ich ja heute mal 'ne Ausnahme machen." Das geht so seit Jahren.

„Dann holt er eine Kiste mit Brotresten, wiegt sehr sorgfältig auf der Sackwaage ab, schaut mich mit schiefgelegtem Kopf nochmal freundlich an, rechnet den Preis aus und stellt dann schnell noch zwei weitere Kisten ohne Berechnung obendrauf. Er hilft auch beim Einladen, streift mal ganz zufällig meinen Arm, sagt dann ganz verschämt, ‚Oh, pardon!' und macht zum Abschied eine kleine Verbeugung."
„Und warum habe ich kein Brot bekommen?", fragt Artur ärgerlich. „Nun", meint G., tatsächlich immer noch lächelnd, „Herr V. verkauft eben nur an Frauen. Und ich sage kurz vorm Abfahren immer: Sie waren heute wieder so nett zu mir, Herr V. Das freut ihn, er winkt mir hinterher und ruft: ‚Vergessen Sie nicht, die Kisten nächstes Mal wieder mitzubringen!'"

Das Gute im Menschen traut sich freiwillig nicht ans Tageslicht.

**Niemand, der es nicht
erduldet hat, ahnt,
was es heißt,
eine erfindungsreiche Frau
zu lieben.**

Aus welchen Gründen B. über all die Jahre ausgestopfte Tiere gesammelt und gepflegt hat, weiß niemand genau. Ihre Zweizimmervollkomfort-wohnung war ausgestattet mit Eichhörnchen, Uhus, Rotkehlchen, Enten, einem Wiesel, verschiedenen Lurchen, Echsen und einem Riesendobbas von Steinmarder. Alle Tiere fein säuberlich auf Brettchen montiert, in naturidentischen Stellungen und mit possierlich schimmernden Glasäuglein versehen. Schon länger hatte Artur einfühlsam bemerkt, daß B. damit begonnen hatte, ihr Leben zu ändern. Nun sammelte sie keine präparierten Tiere mehr, sondern Vollwertkostrezepte, und sie hatte sich mit Haut und Haaren der Sterndeuterei verschrieben, ihrer neuen Leidenschaft.
Kann man alte Hausgenossen, auch wenn sie stumm sind und Staubfänger, mir nichts, dir nichts auf den Müll werfen? Der Präparator wollte die toten Tiere nicht, hatte längst genug von ihnen. Also wurden sie von B. verschenkt, an einigermaßen perplexe Gäste und Freunde. Solche Geschenke kann man schlecht zurückweisen. Artur bekam natürlich dieses Monstrum von Steinmarder an die Brust gedrückt. Schon der Transport des hübsch erhaltenen Raubtierchens auf dem Fahrradgepäckträger hatte mehrere Beinah-Unfälle heraufbeschworen. Artur schlich an der Küche vorbei, wo der fette Felixkater auf dem Rücken lag und sich genüßlich die Sonne auf den Bauch scheinen ließ. Er stellte das Mardervieh ab und wollte sich zur Stärkung einen Espresso machen. Da ging es los.

Manche Geschenke kann man schlecht zurückweisen.

Mit einer plötzlichen Rolle vorwärts war Felix auf die Beine gekommen und strich sonderbar wiegend und mit leicht gesenktem Kopf um den staubigen Marder herum, stupste ihn an, rieb sich an ihm und tat aufgekratzt, als wolle er einen alten Kumpel begrüßen. Der Ausgestopfte aber rührte sich nicht. Felix kroch unter ihm durch, schnüffelte an seinem Hinterteil, seinen Pfoten und leckte ihm über die Augen. Nichts. Der Kater war fassungslos, nieste dreimal kräftig den Staub des zweifelhaften Gevatters aus der Nase und wich erschüttert auf weichen Tatzen, ihn fest im Auge behaltend, zurück.
Dann nahm er Habachthaltung ein, besann sich, stolzierte mit kreisendem Schwanz zurück und haute dem armen Marder einen solchen Hieb hinter die Ohren, daß die Fetzen flogen.

Noch aus der Bewegung sprang er auf einen Sessel und von dort tollkühn auf den Schrank.
Offensichtlich fürchtete er, die Maulschelle könne den Marder doch noch zur Attacke provozieren, man weiß ja nie.
Artur hat das arme alte ausgestopfte Tier noch am gleichen Tag in die Verwertungsanstalt gebracht. Die haben es behalten.
Es steht jetzt drohend in der Pförtnerloge, als Mahnung, Verpflichtung und Erinnerung an die Zukunft.

Was dich nicht beißt,
das kratze nicht.

55 Wie stets, wenn Fortuna lächelte,
wollte er kneifen.

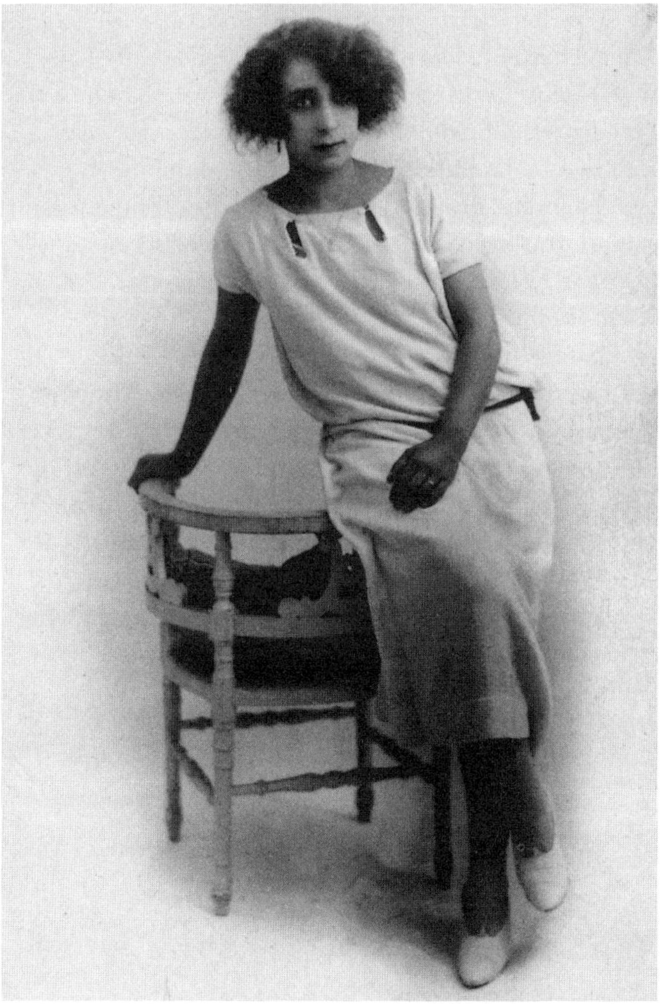

Wenn es heiß wird, zieht Artur durch katholische Landschaften. „Dort beherrschen sie noch die Kunst des Dösens“, erklärt er, sucht die nächste Kirche auf, befeuchtet seine Stirn mit geweihtem Wasser, setzt sich in eine Bank seitlich des Altars, prächtig gepolstert für Bischöfe oder pensionierte Fürsten, und schläft augenblicklich ein, umschmeichelt von herrlicher Kühle.
Nicht immer bleibt Artur allein. Während der Hundstage, in einem alten Dorf im Mittelfränkischen, trifft er um die Mittagszeit einen Reisenden, immer montags. Sie nicken sich zu, nehmen nebeneinander in der kleinen Kirche Platz, lassen ihre Köpfe auf die weiche hohe Lehne vor ihnen sinken und träumen von schönen Erfolgen. „Bis zum nächsten Mal!“ ruft Artur, als sie wieder erwacht sind. Vorsichtshalber zündet er aber noch eine Kerze an, geht nach getaner Arbeit auf den Dorfplatz, um harmonisch und im Chor mit all den anderen zu dösen.

Hundstage hell und klar
zeigen an ein gutes Jahr.

Daß Janusz Straßenbauingenieur ist und das seit über siebzehn Jahren, das wußte Artur. Und Artur wußte auch, daß Janusz ein gläubiger Mensch ist. Auch daß Janusz mit Julischka, der Schönen aus Budapest, leidenschaftlich verheiratet ist, war Artur bekannt, und daß Julischka bitterlich in dieser Stadt leidet, ihr Beton und Asphalt und gepflasterte Straßen ganz fürchterlich aufs Gemüt, das feurige, schlagen und sie mit ihrem straßenbauenden Janusz, so oft wie es nur irgend geht, ins Grüne will und weg von diesen versteinerten Verhältnissen.
Und so saßen Janusz und Artur an einem verheißungsvollen Nachmittag in einem Garten, wohin die Wirtin großherzig Stühle und Tische plaziert hatte.
Janusz lehnte sich entspannt zurück und bestellte Wodka. Der Pole an sich trinkt ja bekanntlich gern Wodka, grammweise, und wenn er dann Wodka getrunken hat, wird er sentimental, heißt es.
Und da nun Artur selbstverständlich keine Vorurteile hat, auch wenn sie fast täglich bestätigt werden, gestattete er sich einen winzigen Schluck und hörte einfach zu. „Ach Artur“, entrang sich ein schwerer Seufzer des Polen Seele, „du weißt, daß ich ein Ingenieur für Straßenbau bin, und ich bin ein guter Ingenieur! Aber die Julischka, die Julischka, mein Gott“, seufzte er, „die ist wie ein Kind. Kann ein Mann damit leben, daß er das Geld mit Straßenbau verdient und die Frau das gar nicht gut findet?“

**„Mein Großvater war Bauer,
mein Vater war Bauer,
aber ich bin Straßenbauer",
mußte er ihr eröffnen.**

Er wartete keinen Kommentar ab, sondern stöhnte: „Was soll ich tun? Sehe ich aus wie ein Krankenpfleger? Bin ich gemein? Bin ich nutzlos?"
„ Am Wochenende", sagte er und hielt sein Glas gegen das Licht, „waren wir im Norden. Eine gesegnete Gegend haben die da, alles so ziemlich grün. Hat mir einer Land zum Kauf angeboten, Ackerland, keine besonders gute Krume, saures Land, überdüngt und krank, aber die Julischka sagt zu mir, ‚Nu', sagt sie, ‚Janusz, was ist, wollen wir das Land nicht kaufen?'

‚Mein Großvater war Bauer, mein Vater war Bauer', sage ich, ‚aber ich, ich bin Straßenbauer', hab' ich gesagt", erzählt Janusz und nimmt einen langen Schluck. „Aber dann schien Sonne auf das Land, fast so wie heute, und dann ein Strahl, ganz hell, vor unsere Füße. Ich sag' dir, Artur, das war vom Himmel ein Zeichen, glaube es mir. Ich habe den Acker gekauft. Weißt du, was wir machen werden? Wir pflanzen eintausendneunhundertzweiundneunzig Bäumchen und legen einen Teich an, ökologisch … Wird's reichen als Ausgleich, was meinst du?"

Wo die Liebe hinfällt, da bleibt sie liegen,
und wär' es ein Misthaufen.

Wenn's ganz schlecht kommt, muß Artur auf die altbewährten Hilfsmittel zurückgreifen. Die Parkplatznot in den großen Städten ist so groß, die Lage so verworren, daß die Strafzettel von den dauergewellten Politessen in kessen Käppis schon mal vom Block herunter straßenzugweise verteilt werden. Artur greift sich die durchgeschriebenen grünen Blätter nach dem Abzug der Ordnungsfrauen und bietet sie günstig an, wenn jemand mal schnell einen Kaffee trinken oder Bekannte besuchen will und außerhalb der Legalität parken muß. Fünf Mark das Stück, das ist wahrhaftig nicht viel für halbwegs gesichertes Parken.
Das Geschäft floriert am besten, wo die Amtszettel in einen Plastikumschlag praktiziert werden, dann ist die schwache Durchschrift noch weniger gut zu entziffern und mit dem Kennzeichen zu vergleichen. An warmen Sommertagen rechnet sich für Artur das Geschäft ebenso wie für seine Klienten. Zug um Zug, jeden Tag eine gute Tat, Recycling – unserer Umwelt zuliebe.

Mancher findet,
ehe er sucht.

**Es gibt drei Regeln,
ein Geschäft zu betreiben.
Leider ist uns keine bekannt.**

„Besuch ist wie Fisch", sagt Jerzy immer, „nach drei Tagen stinkt er." Das hat Artur sich zu Herzen genommen, und so zieht er nach spätestens zweieinhalb Tagen wieder von dannen, wenn er die Freunde in ihren Sommerhäusern oder Zweitwohnsitzen heimgesucht hat, so en passant gestreift, sagt er.
O, diese Gemäuer sind wirklich schön. In Arturs Heftchen stehen Adressen von Residenzen in vielen Ländern, in Irland, Schottland, England, in Norddeutschland und Franken bis zum Bodensee, in Frankreich, Österreich, Spanien, Portugal, Griechenland und selbstverständlich Italien. Ein Jahr würde kaum ausreichen, wollte Artur sie alle aufsuchen.
Dann und wann ist er auch gut gelitten, erzählt er doch freudig Geschichten von den Menschen auf dem Lande und gibt keine Erklärungen mehr ab.
Alte, oft meterdicke Mauern trotzen den Unbilden der jeweiligen Klimazone, sturmumtost bis sonnendurchglüht, die Einrichtungen sind spartanisch mit notgedrungen rustikaler Tendenz und bisweilen dauert es ein, zwei Tage, bis dumpfer Muff sich aus Matratzen und Schränken verflüchtigt hat.
Des Abends sitzt man in der Runde entweder vorm Haus unter dem alten Baum, auf der windgeschützten Terrasse oder vorm offenen Kamin, Holzfeuer, und verkostet die Spezereien der Region, bäuerliche Genüsse, viel Gemüse, möglichst selbstgezogenes, viel Käse, harte Wurst und auch gern den Wein, mit dem Geschmack von kleinen roten Beeren, erdig-samten im Abgang, ohne Etikett, direkt vom Winzer, Sie ahnen schon, an einem blankgescheuerten Tisch.

Das Leben auf dem Lande ist nicht unkompliziert, aber großartig.

Immer wieder anregend ist es für Artur zu sehen, wie sich Stadt- und Geistesmenschen der Fron der Hand- und Gartenarbeit willig und lustvoll unterwerfen. Da wird gehämmert, gesägt, gemauert, geharkt und gegraben, Kabel werden verlegt und auch Fliesen, selbstzugefügte Hieb- und Stichwunden stolz geleckt, der Staub abgeschlagenen Putzes aus den Haaren geschüttelt, daß es eine Freude ist.

**Ich hoffe nichts,
ich fürchte nichts,
ich bin ein freier Mann.**

Artur hängt auch immer gern die Wäsche auf im Garten, die duftet dann nach Sonne und Gras und kann ein heimatliches Frösteln vermitteln. Wer will denn nicht geliebt werden?
Für Artur sind diese Umstände hervorragend. Er besitzt jetzt nur noch eine kleine Reisetasche, und sein Kragen ist auch unterwegs meist rein.
Ich mag sie, sagt Artur ernst, wenn sie verschwitzt und ohne Harm dasitzen, kompetent über Radieschen, süßen Mais oder Ameisen plaudern, die Ahnung von einem anderen Leben für kurze Zeit, aber immerhin überzeugend genießen und sich nicht mehr entschuldigen für abgebrochene Piratenkämpfe.

***Arbeiten auf dem Lande ist besser
als in der Wüste beten.***

HAARSCHARF AM LEBEN VORBEI

Vornehmlich an den Küsten hat Artur Menschen getroffen, die längst das Gefühl für Entfernungen und Schönheit verloren haben.
Er mag diese Schwarzgebrannten nicht, wenn sie an den Stränden die aberwitzigsten Verrenkungen vollführen, um auch das Fleisch unter den Achseln und die Innenseiten der Schenkel zu bräunen. Artur zieht eine andere Tönung der Haut vor, zart wie Aprikosen oder olivenfarbig, aber nicht jene, die Schuhleder gleicht.
Es gibt sie, die haarscharf am Leben vorbeischrammen, erschütternd freudlose Individuen, denen nicht mehr einfällt, als ihre sinnlos gegrillte Haut zu Markte zu tragen, die des Abends peinlich teuer trinken und wirr durcheinander, aber aufrichtig hohl die Steuerquote, das Leben oder das Altern beweinen, um dann mit der aufgesetzten Exstase von Laienschauspielern eine humorlose Gymnastik zu praktizieren, die sie tatsächlich Liebe nennen.
Es sind die einfachen Dinge, die sie sich entgehen lassen, meint Artur fast ein wenig betrübt. Es ist ja schließlich keine Schande, reich zu sein, doch wer Geld hat, der sollte wenigstens gut leben. „Und wer keins hat, erst recht!“ fügt er wissend hinzu.

Tragik entsteht immer aus versäumten Gelegenheiten.

Geld fehlt immer, und gerade dann, wenn man nichts hat, sind die neumodischen Plastikkarten so hilfreich. Allerdings, sagt Artur, das große Geld liegt auf der Bank. Dort aber muß man sich den prüfenden Blicken des Kassierers stellen, einen korrekten Auftritt und einen gekonnten Abgang haben. Das Zeug dazu haben die wenigsten.
Wehmütig erinnert er an seinen Großonkel Johannes Riebenzel, überall Hannes genannt, in der engeren Familie aber bis auf den heutigen Tag fast totgeschwiegen.
Hannes Riebenzel hatte mehrere undurchsichtige Karrieren als Erdbeerzüchter, Landmaschinenverkäufer und Kälbermäster hinter sich gebracht und, soweit es überhaupt geht, ein anständig unordentliches Leben geführt, bis ihn eines Tages der verheerende Gedanke überfiel: Hannes, das kann doch nicht alles gewesen sein.
Als Mensch, der noch nie durch allzu gründliches Nachdenken hatte auffallen können, griff er sich spontan Schweißerbrille, Hut und Schal, schwang sich auf´s Fahrrad und radelte in sengender Hitze zweieinhalb Kilometer ins Nachbardorf. Dort zog er sich den Hut tief ins Gesicht, so daß seine schlohgelben Haare nur noch zur unteren Hälfte zu sehen waren, wickelte den Schal hoch um den Hals und stülpte sich die Schweißerbrille so über, daß er jedenfalls mit einem seiner strahlend blauen Augen sehen konnte.

Aus dem Chaos sprach eine Stimme:
„Lächle und sei froh, Johannes,
es könnte schlimmer kommen!"
Und es kam schlimmer.

So ausgerüstet, betrat er den kleinen Kassenraum der Spar- und Darlehenskasse, herrschte den Kassierer an: „Günter, her mit dem Geld, sonst knallts!", griff sich ein Bündel Scheine, das offen auf dem Tisch lag und verließ den Kassenraum sehr schnell, obwohl der Kassierer ihn flehentlich bat: „Hannes, bleib bei mir!"
Viele sahen dann noch, wie Johannes Riebenzel in irgendwie ungewöhnlicher Aufmachung und irgendwie hektisch, das schlohgelbe Haar im Fahrtwind flatternd, seinem Hause zueilte.

Wenig später fuhr der Dorfgendarm vor, sah ihn bei offenem Fenster am Küchentisch sitzen und Geld zählen, rief ihm vom Auto aus zu, er solle das Fenster zumachen und mit dem Geld ins Auto steigen. Viele Jahre wurde Hannes Riebenzel dann nicht mehr im Dorf gesehen.
Jetzt handelt er mit altem Eisen. Kaum hören die Leute, wie er mit dem hölzerner Handwagen klappernd in ihre Nähe kommt, raffen sie rostige Töpfe, Bügeleisen oder Tannenbaumständer zusammen, werfen sie vor die Tür und schließen sofort und ängstlich ab. Hannes Riebenzel sammelt die Schätze ein, sie kosten ja nichts, pfeift ein frommes Liedchen und zieht zum nächsten Hof.
„Letztendlich“, faßt Artur zusammen, „hat sein Einsatz sich gelohnt; auch er ahnte: Nur die Mutigen entkommen.“

Wenn wir jemals einen Plan haben, sind wir erledigt.

„So wie Sie arbeiten, möchte ich mal Urlaub machen, meine Herren“, fauchte der Aufseher rachsüchtig mit halbgeschlossenen Augen und prüfte die Biegsamkeit seines Gummiknüppels.
„Bitte, das können Sie haben“, hatte Artur sich erhoben und ihm mit leichter Verbeugung seinen Platz auf den Bohlen des Kinderwagengestells angeboten.
„Lassen Sie den Quatsch! Weitermachen, ja!“, dröhnte der Uniformierte.
Bei einer Routinekontrolle – mitten in der Heide! – hatte man bei Artur drei Muskatnüsse in der Hosentasche und bei seinem gleichnamigen Cousin ein braunes Fläschchen mit Petersilienöl und dazu noch etwas Magnesiumpulver entdeckt. Wegen des Besitzes dieser Substanzen hatte man sie dann verdonnert, an drei Wochenenden Eisenträger zu entrosten, gemeinnützige Tätigkeit bei freier Kost und Logis.
Es waren märchenhafte Altweibersommertage, und die beiden Arturs nahmen auch diese Prüfung des Lebens gewohnt gelassen hin.
Fachmännisch begutachteten sie die rostigen Eisenträger, Doppel-T-Profil, sangen im Duett „Wer schaffen will, muß fröhlich sein“, ließen sich im Magazin zwo Stück Drahtbürsten, mittelhart, aushändigen und machten sich ans Werk.
Zuvor allerdings hatten sie Bretter auf ein vereinsamtes Kinderwagengestell gelegt und eine Zugleine an das Gefährt geknotet. Artur I setzte sich entspannt auf die Bretter, nahm eine Drahtbürste zur Hand und begann in bequemer Haltung, gezogen von Artur II, mit leichtem Druck den Träger zu entrosten.

Am Ende angekommen, wurden die Rollen getauscht, ein ums andere Mal, ziehen und bürsten, bürsten und ziehen. Nach stundenlanger Tätigkeit in der Sonne waren beide nachweisbar schweißnaß und rostbraun. Und die Verpflegung in dieser Einrichtung war auch nicht schlecht.

***Wer nicht rastet,
der rostet.***

Ursprünglich, sozusagen von Hause aus ist George Ungar, dann hat er – wie und wann immer auch – einen französischen Paß bekommen und ist lange Jahre in Paris auf Peugeotkraftwagen Taxichauffeur gewesen.
Aus schwer zu durchschauenden Gründen ist er dann mit seiner französischen Frau nach Irland ausgewandert. Sie werden gewußt haben, warum. Yvonne führt einen kleine Gasthof mit kosmopolitischer Küche und zwei Gerichten, eins irisch, eins französisch. Die Adresse wird nicht verraten.
George aber, weil die Gastronomie nicht übermäßig abwirft, hat seine Leidenschaft für die Binnenschifffahrt entdeckt und kann so weiterhin dem Transportgewerbe, jedenfalls im weiteren Sinn, verbunden bleiben.
Zuerst hatte er begonnen, Rundfahrten mit gutzahlenden Gästen aus aller Welt über Flüsse und seltene Kanäle zu veranstalten. Das sieht man noch heute an seinen ständig abbrechenden Fingernägeln. Dauernd müssen am Schiff Planen angebracht und wieder entfernt werden. Das geht eben auf die Fingernägel.
Und eines Tages kam ihm die Idee mit dem Verchartern.
Von einem Fischer kaufte er recht günstig ein allerdings betagtes Boot. Dieses haben die beiden dann mit frischer Farbe versehen und die Kajüte für vier bis sechs Personen hergerichtet. Das sah ganz prima aus, und George hat das Schiff auch mehrfach verchartert.

Aber die Kunden waren nie so ganz zufrieden: mal fiel der Motor aus, dann funktionierte die Gasanlage überhaupt nicht mehr, und nach jedem Törn klagten sie bitterlich, daß das verdammte Boot nicht dicht sei, sie hätten Stunden mit Wasserschöpfen verbracht und wären trotzdem fast ertrunken.
Das brachte George und dem Fischer die zündende Idee: So ein Schiff ist ja sehr gefährdet, kann absolut leicht untergehen! Das muß versichert werden, schon wegen der Touristen muß das sehr hoch versichert werden.

Sie setzten einen neuen Kaufvertrag auf und eine beachtlich geänderte Kaufsumme. Das Datum änderten sie nicht.
Der Versicherungsagent hatte noch gesagt, es sei ja wohl allerhöchste Zeit für diesen Schritt, es sei gesetzlich vorgeschrieben, die Schiffe zu versichern. Und wie das so ist im Leben. An einem dieser tückischen Tage wurde das Boot losgerissen, schlug leck und versank unrettbar in den Fluten. Tja.

George scheine wohl kein großes Glück mit seinen Unternehmungen zu haben, sagte sein Versicherungsagent. Dem kann er jetzt nur zustimmen, denn so ein Unglück ist ihm in den letzten zwei Jahren schon dreimal passiert.
Seine Frau und er wollen nun einen Bootscharter in Holland aufbauen, wo es auch sehr tiefe Wasser geben soll, und sein Freund hat ein niegelnagelneues Fischerboot vom Stapel laufen lassen.
George hat Artur diese Geschäftsidee erzählt, und Artur lehnte es sehr bestimmt ab, sich mit Georges jetzigem Schiff für einige Tage aufs Wasser zu begeben.

Wer Mut hat zu verlieren,
gewinnt wahre Freunde.

Mit Täuschungen werden Riesengeschäfte gemacht, weiß man ja, ganz besonders mit Kunstfälschung. Es gibt wohl nur wenige Museen auf der Welt, in denen nicht das eine oder andere Kuckucksei hängt oder steht, angefertigt von den Großen des Gewerbes, David Stein etwa oder Eric Hebborn, Tom Keating oder Elmyr de Hory zum Beispiel.
Artur wußte das so genau nicht bis zu jenen stillen Oktobertagen im Norddeutschen, als es um Erbschaftsangelegenheiten innerhalb der weitverzweigten Familie ging. Der uralte Oheim, ein nicht völlig unbekannter Landschaftsmaler, war gestorben, den größten Teil seiner Werke hatte er in der Umgebung verkauft, es blieben nur einige wenige Bücher und Möbelstücke.
Artur aber hätte so gern ein Bildnis aus der Brandenburgischen Periode des Alten gehabt, so mit märkischer Heide, märkischem Sand, Windflüchtern und Wellenschlag drauf, in Öl, mit rotem Adler.
Nichts zu machen, sagten die Anverwandten dröge, hat der alles verkauft.
In der Wirtschaft des Dorfes traf Artur den inzwischen fidel ergrauten L. wieder, ebenfalls Maler aus dieser Gegend, und er berichtete ihm von der Enttäuschung. „Das kriegen wir schon hin!“, tröstete ihn L., „ich hab zwar versprechen müssen, daß ich es nie wieder tun will, aber für meine zwei Jahre Knast in Flensburg kann ich 'nem alten Kollegen schließlich mal 'nen Gefallen tun, oder?!“.
L. war niemals nur Landschafts- und Heimatmaler gewesen, sondern immer schon ein begnadeter Fälscher und Kopierer. Das große Haus in der Heide hätte er sonst nie bezahlen können, und ein paar andere Dinge auch nicht.

„Brave Mädchen kommen in den Himmel, böse Mädchen kommen überall hin", jubelten sie, als sie ihre Erbschaft antraten.

Innerhalb einer Woche hatte L., „aus Freundschaft und zur Erinnerung", wie er meinte, für Artur eine ergreifende Havellandschaft, 50 mal 70, in Öl und überzeugend im Stil des Alten angefertigt. „Sage mal, Artur", nahm ihn L. beiseite, als er das noch feuchte Kunstwerk abholen gekommen war, „der Alte kannte doch ein paar berühmte Leute! Aus der Berliner Zeit und so ..." Artur guckte ihn scheel an. „Jaaa", sagte er langgezogen, „Otto Dix war mal hier und Nolde. Mit Kirchner soll er eine Weile zusammengearbeitet haben, das sagt man jedenfalls in der Familie ..."

„Begreife!" grinste L., „wenn man Freunde hat, bekommt man auch hin und wieder kleine Geschenke!"
So kam es, daß dreizehn Werke namhafter Künstler ganz selbstverständlich auf dem Erbschein getreulich vermerkt, zum größten Entzücken aller der Kunstszene nach ein paar Monaten auch zum Verkauf angeboten wurden und die Trauer um den Verlust des Alten wachsender Freude wich.
L. rief Artur aus Irland an. Er habe sich ein bescheidenes Cottage an der Küste gekauft, berichtete er, und als ein großen Würfen verpflichteter Mensch auch noch ein Päckchen mit Kanaltunnelaktien, man wisse ja nie.

Es leben viele vom Winde,
die keine Mühlen haben.

Das bayrische Auto mit getönten Scheiben fuhr viel zu schnell und bei lauter Musik durch die schmale Straße, und um ein Haar hätten sie den Herrn mit seinem ebenso klapprigen Dackel umgefahren. Sie mußten also stoppen.
Artur war zufällig auch dort. Er öffnete die Beifahrertür und fragte die beiden jungen Damen, ob sie denn nicht vielleicht etwas langsamer und vorsichtiger … Da schob ihm die Beifahrerin ihre Schulter drohend entgegen, übte mit goldbehangener rechter Hand eine unanständige Geste und bölkte: „Ey du Penner, wennste nicht gleich die Tür wieder zumachts, kriegste 'ne Anzeige wegen Hausfriedensbruch!“
Artur mußte so lachen, daß er die Tür noch weiter aufzog. „Und wennste zu blöd bist, ey, dann biste nicht lebensfähich in unsere Gesellschaft!“, ergänzte die Fahrerin locker, und drückte so heftig aufs Gas, daß die Tür von alleine zufiel.
Artur stand benommen in einer Wolke von Auspuffgasen und schwülstigem Parfüm, über dem Quietschen der Reifen hörte er noch das Dröhnen der Bässe. Die Menschen sind wirklich anders, jedenfalls als man denkt, murmelte er und arrangierte verlegen seine Pudelmütze.

Natürlich gab es Zeiten, wo selbst Artur sich einsam und allein gefühlt hat. Das war damals so schlimm in Aargau am Albis, daß Artur nach einer korrekten Anstellung fragte, mit Aufstehn um halbsieben und Feierabend gegen siebzehn Uhr dreißig. Mit Hilfe jener Kleinkünstlerin, der Nadja aus Zürich, war es dann gelungen, das Besitzerehepaar einer Hundepension zu überzeugen, daß Artur nicht nur ein Mensch von gutem Geschmack, sondern auch prinzipiell motivierbar ist, und gegen alle Vorschriften waren sie bereit, es mit Artur zu versuchen.
Er bekam ein winziges hölzernes Gartenhaus als Unterkunft mit rotweißkarierten Gardinen, rotweißkarierter Bettwäsche, einer kleinen Küche und einer Dusche. Seine Arbeit war die eines Hundewäschers und -strieglers.
Die Tiere haben das überhaupt nicht so gern, dieses Schamponieren, Trocknen, Kämmen und Bürsten. Doch weil Artur bekanntlich mit Hunden reden kann, auch wenn nicht alle ihm antworten oder manchmal so tun, als verstünden sie ihn nun überhaupt gar nicht, war es keine schlechte Arbeit, dort im Garten einer Hundepension in der Schweiz.
Artur hat es am Stück mehrere Monate ausgehalten, zur vollen Zufriedenheit der Inhaber und der Tiere. Manches Frauchen war ihm gegenüber beim Abholen ihres kleinen Lieblings entzückt, zeigte sich Artur gegenüber bemerkenswert großzügig oder lockte ihn mit freier Gärtnerstelle.
Als die Tage kürzer wurden, nahm Artur seinen Abschied. Die Besitzer schenkten ihm ein goldgerahmtes Aquarell von einem Berner Sennhund und etwas Bündnerfleisch als Wegzehrung.

Je mehr wir die Menschen betrachten, desto mehr lieben wir unseren Hund.

Auch den Jutesack mit all dem ausgekämmten Hundehaar durfte er mitnehmen. Er hat ihn noch in Affoltern an eine Genossenschafs-Spinnerei veräußert. Die stellen aus Tierhaaren die mit Recht so beliebten mittelschweizer Almsocken her, sehr wärmend, schweiß- und nässebeständig ,auch nach dem Waschen nicht filzend „und überaus gewinnbringend“, wie ihm die Gemahlin des Direktors hochhackig nachrief.

Es hatte begonnen kalt zu werden und Artur trieb es ins Württembergische. Er war bei einem ewigen Bekannten untergekommen. Dem war nicht nur der Hund verstorben und die Frau davongelaufen, sondern als einziger Nachkomme hatte er dazu noch das bittere Erbe eines Gehöfts antreten müssen: Herrenhaus, Gesindehaus, Stallungen, Nebengebäude und allerlei Getier und Eingemachtes dazu, er ganz allein.
Unbeirrt war er zunächst darangegangen, die Grundmauern des Anwesens zu sanieren. Ihm gewogene Dorfbewohner hatten ihm geraten, zuallererst einen Aushub um das Herrenhaus vornehmen zu lassen. Hubert jedoch, zwar besitzend so doch erschütternd mittellos und mit wunder Seele, war der Ansicht, körperliche Arbeit kläre den Geist. Er hatte verbissen in die Hände gespuckt und diese Drainagearbeiten selber in Angriff genommen. Anerkennend und respektvoll hatte Artur bei seiner Ankunft bemerkt, daß es sich doch um einen sehr schönen Burggraben handle, bei dieser mit Wasser gefüllten Vertiefung rund um das Herrenhaus. „Das“, erklärte Hubert, „hat alles seine eigene Bewandtnis. Bin ich auf den Kopf gefallen, alte Häuser zu sanieren, wenn ich mir das überhaupt nicht leisten kann?“ Er war entschlossen in den ersten Stock umgezogen und hatte das Erdgeschoß Erdgeschoß und den Graben Graben sein lassen. Artur war von ihm im Gesindehaus, selbstverständlich ebenfalls erster Stock, einquartiert worden, zum Walde hin.

Meist hatte Artur fest und erquickend geschlafen, jedenfalls bis zu jener Nacht, als er wie im Traum aus blauer Ferne heftiges Klopfen vernommen hatte.
„Wem soll ich hier die Tür aufmachen“, überlegte Artur schlaftrunken, „ich kenne hier niemanden.“ Fremde Obliegenheiten gingen ihn als Gast und im Gesindehaus schon gar nichts an.
Er hatte sich umgedreht und weiterschlafen wollen, doch das Poltern und Pochen und toctoctoc nahmen kein Ende. Schließlich dann, – ach! – aus der Lagerstatt getrieben, war Artur zur Tür geschlichen, ohne dort Außergewöhnliches vorzufinden.
So müde und enttäuscht hatte er sich abermals betten wollen, als sein Blick auf das Fenster zum Walde gefallen war. Ein riesengroßes, bräunlich-gelbes Federvieh saß außen auf dem Fensterbrett und hackte wie von Sinnen mit dem Schnabel an die äußere Scheibe des Doppelfensters.
Aha, hatte sich Artur gedacht, die bittere Kälte treibt die Vögel des Waldes in die Nähe der Behausungen der Menschen. Und wahrhaftig: Zwischen den Fensterscheiben stand ein Blechdose mit nach der Natur abgebildeten Erdnüssen auf dem Etikett. Dieser offenbar nicht einmal blöde Vogel, ein Fasanenhahn, versuchte voller Verzweiflung, an dieses verheißungsvolle Objekt zu gelangen, konnte indes nicht ahnen, daß die Dose schon längst keine Erdnüsse mehr enthielt, sondern inmitten der allgemeinen Verlotterung nur noch zur Aufbewahrung von Bindfäden diente.

Artur behauptet, er habe dem gefiederten Gesellen diesen Sachverhalt erklären wollen, das Fenster geöffnet, mit der Stablampe dem Tier ins Gesicht geleuchtet und ihm die erdnußleere Dose gezeigt. Der Vogel wollte sich aber auch partout nicht belehren lassen, und so konnten es sich Artur und Hubert zum Abendessen im ersten Stock mit einem exzellenten Fasanenbraten, gefüllt mit geerbten Äpfeln und Preiselbeeren, gut sein lassen.

***Es ist gut Feste zu feiern
in eines anderen Haus.***

Die Herbstzeit in diesem Jahr war sowas von voller Regen, Sturm und kalt, daß für keinen Augenblick daran zu denken war, hinauszugehen, schon gar nicht in die irgendwo verhangenen Berge Nordafrikas. So blieb es Artur nicht erspart, verzweifelt mit den örtlichen Zutaten ein eher im Norddeutschen angesiedeltes Getränk für die Abende anzusetzen.
Er nannte es „Glühwein à l'arabe“, braucht dazu fünf Liter Rosé, Kräuter der Berge, auch Thymian und den Rosmarin, etwas Zucker, einige Zucchini kleingeschnitten, eine Handvoll schwarzer Oliven und einen trefflichen Schuß Pastis.
Das Gebräu wird leicht erhitzt (niemals aufkochen!) und nach dem Abseihen in kleinen Schlucken vorsichtig eingeflößt. Selbst zögerliche Probanden haben glaubhaft von einer herzerwärmenden Wirkung berichtet, die durchaus mehrere Tage dauern kann.
Artur rät nachdrücklich, die Wollmütze dennoch auf keinen Fall abzulegen. „Die meisten Unfälle“, sagt er, „geschehen immer noch zu Hause!“

Diesen Spätnachmittag eines Novembertages im Saarländischen wird Artur so schnell nicht vergessen. Nach einer sozialdemokratischen Werbeveranstaltung hatte sie ihm versprochen, seltene Dokumente der Resistance zeigen zu wollen, und Artur war verhalten ihrer Einladung gefolgt. Sie hatte eine Flasche mit einem weinbrandähnlichen Getränk auf den Couchtisch gestellt, die schwerwollenen stores zugezogen, und ein grünlicher Schimmer aus dem Aquarium tauchte ihr Wohnzimmer in kalt berechnetes Zwielicht.

Auffordernd hatte sie auf einer dieser praktischen Couches Platz genommen, bei denen man sich, wenn man sie nicht sachkundig zu bedienen versteht, die allerfürchterlichsten Quetschungen beibringen kann. Ein doch eher abschreckendes Bild.

Stechender Duft von Parfüm hing im Raum und zur leis im Hintergrund dudelnden Fernwehmusik hatte sie das dunkelrote Lächeln einer flotten Verführerin angelegt.

Wider besseres Wissen, aber denn doch mutete sich Artur schon im Stehen und mit Mütze auf dem Kopf, ein zweites Gläschen zu. Er verabschiedete sich höflich. „Ich kann jeden verstehen, der für den Fortschritt kämpft“, meinte er bei sich, „aber seine Mittel sollte man doch auf dem neuesten Stand halten …“

Große Romanzen beginnen aus winzigen Anfängen.

Die Großmutter von Artur, Luise, so wird erzählt, soll auf ihre Art Essen und Trinken durchaus geschätzt haben. Besonders in den Wintermonaten pflegte sie sich großzügig Schmalz aufs Schwarzbrot zu streichen, mit Grieben und gerösteten Zwiebeln und dann Salz darüber. „Das muß man essen, wenn es ganz kalt ist", sagte sie immer, ehe sie herzhaft zubiß. Beim Metzger soll ihre Vorliebe für Schmalz allerdings mal zu einer unschönen Szene geführt haben. Dieser Mann, er trug über seinem massigen Körper die klassische einträgrige weiße Schürze, pflegte, während er in kurzen Abständen sich seine ständig tropfende Nase wischte, die Rechnung mit einem Kopierstift, den er zuvor mit der Zungenspitze angefeuchtet hatte, auf die weißmarmorne Ladentheke zu notieren. Dann verkündete er den fälligen Betrag und strich die Münzen in einen eigens dafür angebrachten Schlitz der Tischplatte. Die Scheine verstaute er in einer vernickelten Registrierkasse. Großmutters Schmalzeinkäufe ließen sich stets mit kleiner Münze begleichen, jedenfalls bis zu jenem Tag, an dem der Fleischer, dessen Gesicht ohnehin stets rot war, blaßlila anlief, der Großmutter das Schmalzpäckchen über die Marmorplatte schob, die Münzen in den Schlitz klimpern ließ, sie, mit dem Handrücken nasewischend, hartnäckig anstarrte und laut in den Laden hinein fragte: „Sagen Sie mal, ernähren Sie sich eigentlich nur von Schmalz, gnä' Frau?"
Arturs Großmutter, also Luise, soll, den Erzählungen zufolge, die Schultern gestrafft, das Schmalzpäckchen gegriffen und wenn auch bleich, so doch gefaßt den Laden in aufrechter Haltung und mit dem Ausdruck leisen Abscheus um Nase, Mund und Kinn verlassen haben, wortlos, aber „ein für alle Mal", wie sie daheim beteuert haben soll.

„Sagen Sie mal, ernähren Sie sich eigentlich nur von Schmalz, gnä' Frau?", klang es drohend über die Theke.

Auch ihre Trinkgewohnheiten, nicht nur zur Winterszeit, waren allerstrengstens norddeutsch. Es hatte Tee zu geben. Guten, schwarzen starken Tee, und zwar mit Kandis, Sahne dazu lehnte sie aus gesundheitlichen Gründen strikt ab, wegen ihrer Galle, sonst müsse sie wieder ihre Tropfen nehmen. Gegen einen Schuß Rum in ihr Heißgetränk dagegen hatte sie „ab-so-lut" nichts einzuwenden, allerdings „mit Maß und Ziel", wie sie nicht müde wurde zu insistieren, „mit Maß und Ziel!"
Und so nahm sie ihren silbernen Teelöffel, übrigens stets den gleichen, den mit dem gedrehten Stiel, eine Erinnerung an das weiland Baltikum, in die linke Hand, die Rumkaraffe in die andere, faßte die Teerunde fest ins Auge und dozierte: „Ein Teelöffel Rum ist hinreichend, ist völlig genug!" Und der Rum floß aus der Karaffe, bis ihre Gäste Zustimmung nickten, ja, nur einen Teelöffel voll.
Artur meint sich an Gerüchte erinnern zu können, das Mischungsverhältnis sei mitunter durchaus 1:1 und noch intensiver anzusetzen gewesen.

Ich hatte, lächelt Zora vielsagend, schon immer mit jenen zu tun, mit denen kein Staat mehr zu machen ist.
Der Knabe hieß also Bruno, war vierzehn, und der Lehrer hatte seinen Eltern geraten, ihn ein Handwerk lernen zu lassen, das sei das beste für ihn. Und sein Onkel Herrmann, der noch als Volkssturmmann mit einem Eimer Sand das deutsche Vaterland hatte retten wollen, Onkel Herrmann hatte ihm zackig die Hand gedrückt und triumphierend bemerkt: „Feuchte Hände hat er nicht, laßt ihn mal Werkzeugmacher werden, das ist ein Beruf mit Zukunft!"
Und mein Bruno, sagt Zora, Bruno lernte, wie man die Werkstatt ausfegt, Nippel abschmiert und Bier holt und wie er mit Reinol seine öligen Hände wieder halbwegs sauber hinkriegt.
Das Elend dauerte drei zähe Jahre, strich sich Zora über die rote Mähne, und wir haben immer und immer wieder nach Möglichkeiten gesucht, etwas Überzeugenderes zu finden. Bruno hatte ein ausgeprägtes musikalisches Talent.
Ja, fuhr sie fort, in dramatischen Situationen muß man sich prinzipienfest zeigen, und manchmal ist sogar die Kirche zu was nutze dabei!
Eine schrumpfende Gemeinde im Norden suchte dringlich Nachwuchs für den protestantischen Bläserchor, und die haben ihn, lächelt Zora, freundlich und schnell überzeugen können, daß das Trompetenspiel das Richtige für Bruno sei.

Rührend kümmerten sich die Gemeindemitglieder um ihn, schickten ihn zu Unterweisungen, und der fand Gefallen an der Kirchenmusik. Bald schon konnte er nicht nur „Tochter Zion, freue dich!", sondern auch „Ich glaube an die Macht der Liebe" aus vollen Backen schmettern und dazu, lachte sie, außerhalb der kirchlichen Aufsicht, die „Reveille" und verwandte Lieder der Arbeiterklasse. Das muß so kurz vor seinem achtzehnten Geburtstag gewesen sein.

Und zu Weihnachten wurde vom Kirchturm heruntertrompetet und posauniert. Alles ging seinen normalen Gang, bis zur anschließenden Feier des Bläserchores. Bruno hatte zu beherzt von den Liebesgaben der älteren Gemeindemitglieder, nämlich selbstgemachte Pralinen, genascht. Zu vorgerückter Stunde nun hatte er, dem das Herz voll war, die Melodie vom Kommissar Hans Beimler trompeten wollen, da, wie man so sagt, ging ihm der Mund über. Er setzte die Trompete an und merkte im gleichen Augenblick: es wird ihm kein Ton gelingen. Es brach förmlich alles aus ihm heraus.

Das Unglück wollte, daß ein Chorkollege seine Tuba neben ihm an der Wand abgestellt hatte. Jener Mensch, obwohl gereift und fest im Glauben, hat dem Bruno nie die drei Tage verzeihen können, die erforderlich waren, sein Instrument wieder zu reinigen.

Bruno spielt nicht mehr Trompete seitdem. Er hat sich der Aquarellmalerei zugewandt und auch damit schöne Erfolge.

„Natürlich", blinzelt Artur tiefsinnig, „bin auch ich Romantiker, warum auch nicht?", und manche Tage und Nächte sind so schön, daß sie einsam machen. Seine Einsamkeit, sagt er, läßt ihn nie allein, und die Melancholie ist ein Kontrastprogramm gegen die Lebensweisen aus zweiter Hand, grinst er mit einem Gesicht, als sei er bereit für weitere Alpträume. „Und dann habe ich wieder diese alte Lust, ungestört glücklich zu sein, ohne diesen Kleister, den die Leute heutzutage so unverlangt von sich geben. Aber," fügt er hinzu, „vielleicht sollte auch ich in einer ruhigen Stunde mal meine Sprüche überprüfen?!"

DAS GELD IM KASTEN KLINGT. EINE WEIHNACHTSGESCHICHTE

Und wenn es auch höchst peinlich und gar nicht angenehm ist, es ist die Wahrheit und ich gebe zu, sagt er von sich, daß es Zeiten gab, wo er ein wenig Nähe und Komfort bei den Menschen in Freiburg, München, Frankfurt und Berlin gesucht hat, und das nicht nur, aber besonders zur Weihnachtszeit.
Ja, auch im Knast habe er gesessen, damals, und er sei nicht nur grün, sondern blau geprügelt worden: „... Ich könnte euch da stories erzählen ...“ und mit einem „Ich darf doch?!“, rückt er den Stuhl zurecht und setzt sich, ohne die Antwort abgewartet zu haben, an ihren Tisch.
„Den meisten geht's ja gut inzwischen, mit BAT Zwo, links, Altbauwohnung und dem Sommersitz in der Toskana“, fixiert Artur die dekorativ ergrauten AltvegetarierInnen und reibt sich die Hände. „Wenn ich heut' daran denke, wie jung ich damals war, wie wir zusammengesessen haben, Brot, Wurst und die Äpfel geteilt und mit flammender Überzeugung ... Ich sage nur: Tegeler Weg!“
Und dann legt er meist eine bedeutungsschwere Pause ein, denn die ersten Verlegenheits- und Übersprungs-Reaktionen sind bei den TischgenossInnen bereits zu beobachten: Nervöses Bartdrehen, Lippenstift-Nachziehen, an Bierdeckeln bröseln, Nägelbeißen, und, vor allem, angestrengt in andere Richtungen blicken, ob zum Fest die Erlösung vielleicht doch noch durch die Tür der Herberge kommt. Bloß keinen Blickkontakt mit Artur! Und dann legt er nach, und es ist ihm sowas von genant, ehrlich.

„Ich war ja noch ganz jung zu der Zeit, wir haben uns ja noch Lehrlinge genannt, und wir waren knallharte Metaller, unverbrüchlich, stets in allererster Linie, Aufhebung von Hand- und Kopfarbeit, Krähenfüße schweißen und so ü-b-e-r-h-a-u-p-t kein Problem. Wie gesagt: Tegeler Weg."

Fast wird es Artur selbst schon unerträglich, wie sein Vortrag die betagten Erneuerer zu erweichen scheint. Aber er muß da durch, es weihnachtet zu sehr. Der Magen knurrt, Geld hat er auch keines mehr und es ist kalt, sehr kalt. Und so holt er aus zum Gnadenbeweis: „Wir Metaller waren harte und wilde Gesellen, nicht ungefährlich. An Karriere war danach bei niemandem mehr im Traum zu denken, ihr wißt ja, the winds of change …"

Er atmet schwer, legt erneut eine Pause ein und blickt dann den Kneipengästen nacheinander entwaffnend ins Gesicht. Betroffenheit, Wut und Trauer machen sich überaus breit.
„Wir arbeiten jetzt selbstorganisiert, Motorenbau, Fahrradwerkstatt und alternative Energie … ihr wißt ja, wie das ist, manchmal reicht es weder vorn noch hinten …" Und wieder diese furchtbare Erschütterungspause.
Der Bärtige am Tisch hatte sich verstohlen die Augen gewischt, Artur die Hand gedrückt und gefaßt gesagt: „Aufgeben ist das letzte, was wir uns erlauben können, Artur. Wir geben nicht auf. Wir fangen nochmal an!" In Arturs Hand knisterten zwei Scheine. Gut, wirklich gut gegessen hatte er inzwischen auch. „Ich möchte von euch auf keinen Fall als Bettler angesehen werden, und schon gar nicht, daß ihr ein schlechtes Gewissen habt … das tut nun überhaupt nicht nötig! Ich danke euch von Herzen, wünsche euch ein gesegnetes Weihnachtsfest und ein recht, recht neues Jahr."

Wer seinen Pelz im Leihhaus hat,
bekommt gar leicht den Winter satt.

PUCKI UND DIE STIMMEN DES WALDES

Solange Artur sie kennt, hatte sie immer einen Vogel, einen Wellensittich, und der hieß Pucki.
Und weil Beate aus guten Gründen lieber allein lebt, redet sie gern und immer mal wieder mit Pucki, und das genießen beide sehr. Zart macht sie sein Türchen auf, aber Pucki bleibt sitzen, legt nur sein Köpfchen schief und zwinkert Beate an. Beate spitzt dann ihre Lippen wie zu einem Kinderküßchen, nähert ihr Gesicht dem Käfig, und – wirklich wahr! – sie schreit den kleinen Wellensittich an: „Pucki, Pucki, Pucki, Puckiiii!"
„Um des Himmels willen", denkt Artur, „das ist ja grauenvoll!" Von wegen! Der Vogel freut sich, ganz offensichtlich. Er vollbringt die possierlichsten Kunststückchen, sitzt auf einem Bein, schwingt sich locker um seine Sitzstange, gleich dreimal, spreizt einen Flügel ab und – verbeugt sich.
Artur, zunächst ein wenig zurückgeprallt, vergewissert sich, daß Frau und Vogel wohlauf sind, und er will sich vorsichtshalber doch lieber verabschieden, weiß man, was sonst noch so passieren kann, als Beate anfragt, ob er den Pucki nächste Woche mal in Pflege nehmen könne. „Och, naja, aber …" druckst Artur. „Ich wußte, auf dich ist Verlaß, Artur!" nimmt Beate ihn am Kinn und küßt ihn auf die Nase, „Ich muß schlittenfahren. Das beste ist, du nimmst den Pucki gleich mit." Und flugs hatte sie ein regenbogenfarbenes Seidentuch über das Bauer gebreitet, Artur eine Tüte mit Hanfkörnern, ein schmales Heftchen über Wellensittichpflege und das Vogelhaus samt Insassen in die Hände gedrückt und ihn dabei zur Türe gedrängt. Küßchen links, rechts und wieder links, bis bald.

Artur hatte sich sehr fest vorgenommen, gut zu dem Vogel zu sein. Er plazierte ihn an ein Sonnenfenster, verabreichte ihm frisches Wasser, den guten Hanfsamen, öffnete die Käfigtür – nichts. Artur streckte die Hände tief in die Hosentaschen, fixierte den Vogel, holte Luft und schrie ihn an: „Pucki, Pucki, Pucki, Puckiiii!" Nichts, wieder nichts.

Mit eingezogenem Kopf, hinfällig und die Flügel schlaff, beobachtete ihn das offenbar rachsüchtige Tier aus kleinen schwarzen Knopfaugen. Artur war sehr niedergeschlagen und machte sich Sorgen, aber am dritten Tag wühlte er in seinen alten Schallplatten, rückte die Lautsprecher stereophon neben das Gehäuse des Vogels und setzte das Gerät in Gang. „Die Stimmen des Waldes", sprach er den Titel noch laut vor sich hin, als ein Zwitschern, Trillern und Jubilieren seine Wohnung erfüllte, daß ihm ganz blümerant wurde.
Umsichtig will er noch schnell das Fichtennadelspray aus dem Bad holen, um alles so komfortabel zu gestalten wie nur möglich, da sieht er den Wellensittich.
Keck und triumphierend thront das Tier mit geschwellter Brust auf seinem Käfig, putzt sich, stößt einen durchdringend anerkennenden Pfiff aus, legt eine atemberaubende Sturzflugpiroutte hin und ist – schwups – durchs Oberlicht entfleucht.
Beate hat jetzt neue Vögel, drei Stück.

Der Gerechte erbarmet sich seines Viehs.

Daß die Schweizer einen nachdenklich machen können, ist ja so neu nicht, dennoch war Artur einigermaßen befremdet, als er von Talläufern genötigt wurde, an einer Jahresabschlußfeier in einem Lokal teilzunehmen.
Es gab zu essen und zu trinken, die Leute saßen um ihre Tische und nicht wenige hatten kleine Papphüte auf dem Kopf. Einige warfen sich schelmisch klettenähnliche Kugeln gegenseitig an die Kleidung und kieksten dazu, also die eher verhalten alpenländische Fröhlichkeit, sagte er sich. Und die Kellnerin servierte freundlich, goß Wein nach, lächelte Artur an und fragte teilnahmsvoll, wie er vermutete: „Sind Sie bedient?"
Er zuckte erschrocken mit den Schultern, war ihm diese Wendung doch recht geläufig. „Mein Gott, wie peinlich, daß mir das jeder ansieht, , und so restlos!"
Die Freunde klärten ihn allerdings auf, und als er der Serviererin bei ihrem nächsten Rundgang zulachte, es sei alles in Ordnung und so schön, er sei wunderbar bedient, da schenkte sie ihm ein Schokoladenplätzchen.
Ähnlich ist es ihm mal in Franken gegangen, da fragte die Wirtin „Paßt alles?" – „Das will ich doch hoffen", hatte Artur geantwortet und ein wenig an der Weste genestelt, aber das hat sie nicht verstehen wollen.

Alpenländisch fröhlich zwinkerten sie: „Sind Sie bedient?“

Tante Mathilde verändert ja auch häufig den Sinn von Wörtern. Wenn sie etwas komisch findet oder überraschend, dann sagt sie immer: „Is ja gediegen, nech?!“ und macht ein ernstes Gesicht.
Und so passiert es bisweilen, daß Artur dieses „Stimmt so“ beim Bezahlen im Wirtshaus lieber unverständlich nuschelt. Die Leute verstehen ihn immer besser.

Schnee und Eis stürzen Artur eher in Verwirrung, und er versteht auch Leute nicht, die stundenlang anstehen, um sich endlich auf bunten Brettern kopfüber von einem hohen Berg zu stürzen. Spaziergänge im Schnee, nun gut, das mag noch angehen, aber Eislaufen? Artur hat das mal probiert, mit Schlittschuhen, die mit Zwingen und einer Kurbel an die Stiefel geschraubt werden. Dauernd hingefallen ist er auf dem gefrorenen See und auch noch eingebrochen. Wasser hat sich in seinen Stiefeln gesammelt, und er hat so jämmerlich eiskalte Füße bekommen, fast die Fersen erfroren hat er sich. Auch seine Seele hatte sich empört zusammengezogen.
Das muß ich nicht unbedingt noch mal haben, sagt Artur, das reicht für's Leben.
Und er schlürft seinen Kakao auf der geheizten Terrasse des Cafés am See, von wo aus er so vortrefflich die Anmut von Pirouetten und doppelten Armbrüchen genießen kann.

Es gibt Menschen, die trifft man immer wieder, meist völlig unvermutet, innerlich aber nicht unerwartet. Artur hatte es in diesen Iden des März, wenn das Wetter noch unentschieden ist, an die Strände und ins Land hinter der Küste gezogen, als er eines Tages auf diese Gruppe buntgekleideter Menschen getroffen war, die an einem Wiesenrand Rast machten. Gigantische Wohnwagen und beeindruckend amerikanische Limousinen standen wie eine schmetternde Burg. Artur wollte vorüberschlendern, als eine samtkehlige Stimme ihn anrief: „He, Sohn, wohin des Wegs? Komm her! Ich werde deine Zukunft aus der Hand lesen!"

Nun ist ja nicht unbekannt, daß Arturs Verhältnis zur Wahrsagerei, Kaffeesatzlesen und anderen Künsten der Zwischenwelten ein eher schillerndes, wenn nicht gebrochenes ist, und folglich legte er den Kopf schief und lenkte seine Schritte behutsam auf die andere Seite des Wegs. Die Stimme aber wurde kräftiger. „Sohn, warum läufst du weg? Du hast nichts zu verlieren, warte! Es wird dich keinen Pfennig kosten!"

Aus der Wagenburg hatte sich eine füllige Frau gelöst, mehrfach berockt und mit leuchtend kohlrabenschwarzen Augen, die ihn stehenzubleiben hießen.

Die Frau lächelte, als erkenne sie ihn wieder, ging tänzerisch auf ihn zu, faßte ihn um die Schulter und hüllte ihn in eine Wolke atemberaubender Gerüche und Düfte. Es stinkt nicht nach Knoblauch, sinnierte Artur vernebelt, nein, es duftet nach Knoblauch, da hörte er wieder ihre Stimme: „Gib mir deine Hände, beide. Dieses ist dein Tag, ich muß dir weissagen, ich muß es, glaub' mir, ich kenne dich."

**Du wirst mit der Sonne wandern,
aber auch den Schatten
kennenlernen,
wahrsagte sie und
war augenblicklich
wieder verschwunden.**

Artur hatte seine Hände bereits ergeben hängen lassen. Nun streckte er sie der Frau entgegen und drehte sie in einer weichen Bewegung so, daß die Innenflächen vor ihrem Gesicht lagen, als wolle er ein Buch halten oder ein Geschenk darbringen.

Die Buntgekleidete hatte sich das wirre Haar aus dem Gesicht geschoben, dicht über Arturs Hände gebeugt und studierte tiefkonzentriert Linien und Vertiefungen seiner Hände. Dann hob sie den Kopf, sog tief Luft durch die Nase, schüttelte ihre Mähne und tanzte mit unvermutet schnellen Schritten um Artur herum.
„Ich hab's gewußt, daß du mir begegnen wirst, Söhnchen“, lachte sie, „ich hab's gewußt, ich hab‘s gewußt.“ Flink hatte sie Artur auf jede Augenbraue einen Kuß gedrückt, ihn wieder bei den Schultern gepackt, dann mit beiden Händen von sich gehalten und gemurmelt: „Was für ein Leben! Du wirst mit der Sonne wandern, aber auch den Schatten kennenlernen, Berge, Landschaften, immer wieder das Meer und wichtige Menschen wirst du erkennen, verlieren und wiederfinden.“ Und wieder lächelte sie, riß sich mit einer raschen Bewegung etwas vom Hals, drückte es ihm in die linke Hand, küßte sie und war in einem der riesigen Wagen, die sich augenblicklich in Bewegung setzten, verschwunden.
Artur hatte die Hand vorsichtig geöffnet. Eine daumennagelgroße Hand der Fatima schimmerte silbern, in der Mitte ein winziger Rubin. Er hielt sie gegen die Sonne. Gebündeltes Licht in allen Rottönen füllte seine allerdings verdrehten Augen.

Das Glück ist des Kühnen Knecht.

FLIEHEN ODER AUSHARREN?

Dieser Frage hat sich Artur nie gestellt. Auf Sizilien, als die Sonne leis im Meer zu versinken sich anschickte, es war bereits spät in Arturs Jahr geworden, beobachtete er eine Gruppe Kinder, die ein riesengroßes Katapult gebaut hatten. Zwei von ihnen schleppten einen großen Stein herbei, legten ihn in die Lederfassung des Katapults, dann zogen alle gemeinsam die breiten Gummiseile so weit wie irgend möglich straff, ließen auf Zuruf los, und der Stein beschrieb eine elegante ballistische Kurve, flog weit, weit über die Hügel dem Licht entgegen und verschwand, kaum noch wahrnehmbar, im Blau von Himmel und Meer.

Die Kinder standen atemlos, mit offenen Mündern und blickten dem fliegenden Stein gebannt nach. Artur hatte verstanden und lächelte.

Den Hügel empor kamen einige Männer auf Eseln und Maultieren, die einen Rastplatz suchten. Er gesellte sich zu ihnen und sie teilten Brot, Käse, Tomaten und den unvermeidlich roten Wein. Schläfrig setzte sich Artur auf den ungesattelten Rücken eines Maultiers, streichelte sanft dessen weiche Ohren und spürte kaum, wie sich das Tier in Bewegung setzte.

Die Kinder winkten ihm lachend zu, einer der Männer grüßte mit hocherhobener Mütze. Artur ritt davon, um langsam in der Landschaft zu verschwinden.

Ein Jahr ist nicht alle Jahre.

**Alles was sich bewegt,
wird gegrüßt;
alles was sich nicht bewegt,
wird grau angestrichen.**

Clemens Walter lebt unter seinem vollen Namen als Ent-Decker von Artur & Artur sowie eigenartiger Postkarten in Berlin und Südfrankreich. Verdiente sein Leben wenn nicht als Kellner und Hilfsgraveur, dann als Taxifahrer und Lohntrauzeuge. Ein mehrjähriger Aufenthalt in Afrika hat leider nichts gefruchtet.

Von Clemens Walter
erschienen bisher in gleicher Ausstattung

NUR DIE MUTIGEN ENTKOMMEN.
DIE EINZIG WAHRE GESCHICHTE
VON ARTUR & ARTUR

sowie

MENSCHEN WIE WIR
WERDEN ÜBERALL GEBRAUCHT.
DIE EINZIG WAHRE GESCHICHTE
VON ZORA, ARTUR & ARTUR

„Ein Lese- und Sehspaß, der nicht nur die Wonnen der Nostalgie spendet, sondern auch den Genuß überraschender Entdeckung."
Heribert Seifert, Deutsches Allgemeines Sonntagsblatt

„Die Fotos faszinieren, weil sie in ihrer Zufälligkeit und Alltäglichkeit von damals unsere Zeit erhellen; die Geschichten sind für Leser, die Spaß haben am Erzählen und Erfinden."
Gesine Strempel, Sender Freies Berlin

„Artur & Artur, die sympathischen Vagabunden, die lieber breit lachen als schmal denken."
Kuno Bärenbold, Karlsruher Kurier